— 書き下ろし長編官能小説 —

相部屋アパート

河里一伸

竹書房ラブロマン文庫

目次

この作品は、竹書房ラブロマン文庫のために
書き下ろされたものです。

プロローグ

「ううーん……あれ、ここは？」

　六月上旬の土曜日の朝七時、スマートフォンのアラーム音で目を覚ました榎本淳也《えのもとじゅんや》は、見慣れない天井を目にしてそう独りごちていた。

　そこは、茨城県の実家の自室はもちろん、今住んでいるアパート「コーポ安藤《あんどう》」の自室の天井とも異なる。

（アパート……あっ、そうだ！）

　ようやく思考回路が働きだして、淳也は夕べの出来事を思い出した。

　昨夜、苦学生の淳也は大学の授業のあとアルバイトにいそしみ、夜中になってからようやくアパートに戻った。だがそのとき、自分の部屋の一〇一号室の玄関ドアの下から水が流れ出ていることに気付いたのである。

　慌てて部屋に入ったところ、台所のシンク下から水が噴き出して、室内が水浸《みずびた》しになっていた。

コーポ安藤は、築四十五年の二階建ての木造アパートで、家主が住んでいるメゾネットに併設された形になっている。部屋数は四戸だけだが、六畳の和室が二間とダイニングキッチンがある2DK構造で、一人で住むには充分すぎる広さがあった。だが、その室内が水浸しになっていたのだから、これは緊急事態だ。

淳也は、急いで水道の元栓を閉めると、メゾネットに行ってインターホンの呼び出しボタンを押したのである。

ところが、コーポ安藤の大家《おおや》・安藤治郎《じろう》は前日から入院したそうで、代わりに応対してくれたのは彼の孫娘の安藤夏海《なつみ》だった。

夏海は、淳也と同じ国立K大学に通っており、教育学部の四年生である。なんでも、両親は東京都西部に居を構えているため、コーポ安藤が大学から近いためメゾネットに居候《いそうろう》させてもらっているそうだ。

したがって、家主の祖父が入院しているあいだ、彼女が大家の代行をやっていた。

夏海は黒髪のセミロングで、柔和そうな美貌の持ち主ということもあり、淳也がいる商学部でもしばしば話題になっている女性だった。

とはいえ、彼女はガードの堅《かた》さも有名で、交際《こうさい》を申し込まれても「教師になるまで誰とも付き合いをする気はない」と、すべて断っているらしい。

夏海はサークルにも所属していないので、コーポ安藤に住んでいなかったら、学部違いで一学年下の淳也が知り合う機会など、まずなかっただろう。

実のところ、淳也がこのアパートを大学生活の拠点に選んだのは、見学に来たときたまたま顔を合わせた彼女に心を奪われた、という面が大きい。

ただ、せっかくすぐそばに住んでいるというのに、淳也は彼女を前にすると緊張してしまい、挨拶など簡単な会話をするのでやっとだった。これまで女性と交際した経験がなく、風俗遊びなどとも無縁の生活を送ってきた人間にとって、一目惚れした相手と気軽に話すというのは、非常にハードルの高い行為なのである。

おかげで、ここに至るまでの二年あまり、夏海とは同じ敷地に住む大学の先輩と後輩という以上に親しい仲になれていなかった。

しかし、そんなことも言っていられない非常事態に見舞われ、淳也はとにもかくにもメゾネットに駆け込んだのである。もっとも、彼女が応対してくれるとは思ってもみなかったのだが。

近年、アパートの管理を管理会社に任せている大家が増えているが、コーポ安藤は未だに大家が直接管理をしていた。だからこそ、周辺相場より安い家賃で運営できるのだが、今回のようなトラブルの際は、家主自身が業者への連絡などをやらなくてはならない。

そうして、状況を確認した夏海が、祖父がひいきにしているリフォーム業者に連絡してくれることになった。

しかし、いったんメゾネットに戻った彼女は、間もなく申し訳なさそうな顔をして外に出てきた。

「時間が時間なので、業者さんが来るのは明日になるそうです」

「あー……まぁ、そうですよねぇ。だけど、どうしよう？　部屋が水浸しだから、布団も敷けないし……」

と、淳也はボヤいていた。

コーポ安藤の近くに住んでいる友人はいないし、そもそも二十二時を回ってから急に押しかけるのも気が引ける。

だが、このままでは野宿するしかあるまい。

すると、夏海が少し考え込んでから、こちらを見た。

「あの……ウチの二階には客間があるので、今日はそちらを使ってください」

「えっ？　いいんですか？」

「はい。水道管の破損は、大家の責任ですから」

「……じゃあ、お願いします」

他に妙案もなかったため、淳也は少し考えてから彼女の厚意に甘えることにした。

そもそも、アルバイトで疲れていたため「早く汗を流して寝たい」という気持ちが強かったため、あれこれと考える気も起きなかったのだ。

そうして、淳也は歯ブラシやシェーバーなどの生活道具と、押し入れに上げていて無事だった布団一式を運び込んだのである。もっとも、既にかなり暑くなっているので、布団は敷き布団とタオルケットだけで充分なのだが。

(そういえば、夕べは疲れていたからシャワーを借りてすぐ寝ちゃったけど、僕は安藤さんと一つ屋根の下で一晩過ごしたんだな……)

そう意識すると、自然に胸が高鳴ってきた。

普段から同じ敷地にはいるものの、やはり同じ玄関を入ったところにいるというだけで、気持ちがまるで違う。

「はぁ。イカン、イカン。つい、変なことを考えちゃうな。安藤さんが僕を泊めてくれたのも、大家さんの責任ってだけなんだから、妙な期待はしないほうがいいや」

そう独りごちてから、淳也はパジャマからTシャツと薄手のジャージのズボンという室内着に着替えた。それから、一階に降りて洗面所に向かう。

だが、まだ頭が半分寝ぼけていたのか、ノックすることに考えが及ばず、実家にいる感覚で洗面所のドアを開けた淳也は、その場に立ち尽くしてしまった。

なんと、そこには服を脱ぎ、飾り気のない白い下着姿になった夏海がいたのである。

髪が濡れていないことから察するに、これからシャワーを浴びようとしていたらしい。

彼女はやや前屈みになり、手を後ろに回して、今まさにブラジャーを外そうとしているところだった。そして、目を丸くしてその体勢のまま硬直している。おそらく、突然の侵入者に思考が停止しているのだろう。

一方の淳也も、ドアを閉めるのも忘れて夏海の半裸姿に目を奪われていた。

何しろ、ブラジャーに包まれているとはいえ、服の上から見るよりもふくよかなバスト、それにくびれたウエストと、純白のショーツに覆《おお》われた丸みのあるヒップが目の前にさらけ出されているのである。

そもそも、雑誌の写真や映像ならともかく、淳也が同世代の女性の着替えを目の当《ま》たり《あ》にしたのは、もちろん初めての経験だった。したがって、こちらも頭が真っ白になって棒立ちになるしかない。

（ああ、そういえばこういうのって、ラブコメ漫画なんかじゃお約束なシチュエーシ

ヨンだよなぁ）

パニックになりすぎると、逆に現実感が薄らいで冷静になるのか、そんな思いが淳也の頭の中をよぎる。

そのとき、固まった夏海の手がブラジャーのバックベルトから離れた。

が、ちょうどホックを外したところだったため、バックベルトから手を離せば、当然のごとくカップが垂《た》れる。おかげで、彼女のそこそこ豊満なふくらみが、頂点にあるピンク色の部位まで丸見えになった。

（お、オッパイが……）

淳也がそんなことを思ったとき、夏海の表情が呆気《あっけ》に取られたものから、驚きと羞恥《しゅうち》に満ちたものに変わりだした。そして、顔がみるみる真っ赤になっていく。

「き……きゃあああああああああぁぁぁぁぁぁぁぁぁぁ!!」

近所一帯に響き渡るような大声をあげ、彼女が胸を隠してその場にしゃがみ込んだ。

そこで、淳也もようやく我に返った。

「あっ、あのっ、ごめんなさい！」

と、慌てて洗面所のドアを閉めてその場を離れる。

しかし、あまりにも予想外の事態に、それ以上は何をしていいかも分からない。

（あ、安藤さんの生オッパイを見ちゃって……嫌われたら、どうしよう？　あとで、ちゃんと謝らなきゃ。許してくれるかな？）

そんなことを考えながらも、淳也の脳裏には憧れの女性の裸体がはっきりと焼きついており、興奮を覚えずにはいられなかった。

第一章　お隣りの巨乳ママに誘惑されて

1

「それにしても、今朝のあの声には本当にビックリしたわぁ」

「まったく、何事かと思って飛び起きたわよ」

「も、もうっ。二人とも、茶化さないでくださいっ。わたし、冷房をかけたまま寝ると調子が悪くなるから、この時期は朝にシャワーで汗を流すのが習慣なんです。だから、榎本さんが起きる前に済ませようと思っていたら……」

　夕方、アルバイトから戻った淳也が、客間で着替えてメゾネットのリビングに入ると、一〇二号室の篠塚敬子《しのづかけいこ》と二〇二号室の羽鳥真緒《はとりまお》の言葉に対し、夏海が顔を真っ赤にしながら言い訳をしていた。

本来、一〇一号室の漏水の件は、家主代行がシャワーのあとに他の部屋の住人に知らせて回る予定だった。しかし、大きな悲鳴を聞いた敬子と真緒がメゾネットに駆けつけたため、ついでに状況を説明した次第である。

そうして、二人にはいったん帰ってもらい、馴染みの業者に部屋を見てもらうことになったのだった。

ただ、淳也は今日もアルバイトに行く予定があり、病気でもないのに急に休むわけにもいかなかったので、あとのことを夏海に任せて出かけたのである。

ちなみに、朝の件については淳也より先に彼女のほうが謝罪してきて、ひとまず一件落着となっていた。脱衣所を兼ねた洗面所のドアには鍵がついているのに、施錠せずに服を脱いでいた自分にも非があるため、淳也を強く責められなかったらしい。もっとも、「さっきのことは事故だから忘れてください！」と強く言われたのだが。

しかし、初めて目の当たりにした扇情的な光景を、そう簡単に忘れられるはずがない。おかげで、今日は一日、仕事に集中するのも一苦労だった。

（それはともかく、なんで篠塚さんと羽鳥さんがまたいるんだろう？　あっ、僕の部屋の状況について、まとめて説明するつもりかな？　二〇一の人は、やっぱりいないのか）

二〇一号室には、「敷島《しきしま》」という人物が何年も前から住んでいるのだが、顔を知っているのは家主の安藤治郎のみで、夏海ですら顔を見たことがないらしい。

ただ、敷島のことは置いておくとしても、女性三人の中にいると、さすがに淳也は居心地の悪さと緊張を覚えずにはいられなかった。

何しろ、夏海はもちろんだが、敬子も真緒もなかなかの美貌の持ち主なのである。

「それにしても、榎本くんも災難だったわねぇ。あ、だけどもしかして、ラッキーだったかしら？」

と、敬子がからかうように言う。

その指摘は図星なので、淳也としては「あはは……」と曖昧な笑みを浮かべるしかなかった。

彼女、篠塚敬子は中学三年生の娘・愛奈《あいな》と二人暮らしの未亡人である。家賃が安いコーポ安藤に母子で住んでいるので、経済的に苦しいのは間違いあるまい。

（去年、愛奈ちゃんの勉強を見てあげたときに、確か三十四歳って聞いたから、今は三十五歳？　やっぱり、そうは見えないよなぁ）

ついつい、そんな思いが淳也の脳裏をよぎった。

実際、茶髪のボブカットで生活の苦しさを感じさせない飄々《ひょうひょう》とした風貌は、中学生の子供がいるとは思えないほど若々しく見える。

「だけど、水浸しになったのが一階で、二階まで影響がなかったのは不幸中の幸いだったわね。二階で起きていたら、もっと大事になっていたわけだし」

真緒が、落ち着いた口調で言う。

羽鳥真緒は、淳也が入居した数ヶ月後に二〇二号室に引っ越してきた、黒髪ストレートのロングヘアに切れ長な目つきが印象的なクール系の巨乳美女である。

百七十センチの淳也と並んで立っても少し低いくらいなので、身長は百六十五センチほどだろう。あまり話をしたことはないが、中堅の広告代理店に勤務しているOLだ、と聞いたことがある。

(本当に、勤め先が広告代理店でこれだけの美人なのに、なんでここみたいな安アパートに住んでいるんだろう？　普通、もっといいマンションに住むんじゃないか？)

今さらのように、淳也はそんなことを思わずにはいられなかった。

彼女も、何かよほどの事情があってコーポ安藤に入居したのだろうが、さすがに理由などこちらが知る由《よし》もない。

「まぁ、確かに。二階で水道管が破損したら、被害が直下の部屋だけじゃ済まなかったでしょうから」

真緒の言葉にそう応じつつ、淳也は自分が美女三人の中にいることを改めて意識し、居心地の悪さと緊張を覚えずにはいられなかった。

もっとも、未だに女性との交際経験がない童貞男子に、この状況で「緊張するな」と言うほうが無理だろうが。

「ところで、僕の部屋はいつ頃、生活できるようになるんですか？」

緊張を誤魔化すために淳也がそう切り出すと、夏海が表情を引き締めた。

「それなんですけど、老朽化した水道管はもちろん、床下地材までほぼ全面的に交換することになりそうなんです。それに、床下をしっかり乾かす必要もあるので、業者の人によると一ヶ月くらいはかかる、とのことでした。今の時期は湿気が多いから、木造建築の床下の乾燥には、どうしても時間がかかるみたいで」

「あ～……やっぱり。けど、一ヶ月かぁ」

思っていたよりも長い期間を言われて、淳也はボヤいていた。

梅雨時なのである程度は覚悟していたが、半月程度かと思っていたのである。だが、現段階で「一ヶ月くらい」と言われたということは、もっと長くかかる可能性もあるのだから、さすがに頭が痛い。

しかし同時に、このままメゾネットでの夏海との同居生活が続くのであれば悪いことでもない、という気はした。それだけの時間があれば、憧れの相手との距離を縮めるチャンスはいくらでも巡ってくるかもしれない。

ところが、そんな淡い期待は、彼女の次の言葉であっさり打ち砕かれた。

「ただ、祖父は手術が必要なんですけど、今の血糖値だと感染症のリスクが高いからと、しばらく入院することになっているんです。しかも、ちょうど皆さんに言おうと思っていたところだったんですけど、実はわたしも明後日から母校の高校での教育実習があるので、明日から二週間、自宅に戻らなくてはならなくて……」

と言って、夏海が俯《うつむ》く。

そして、内心でガッカリしている淳也を尻目に、彼女はさらに説明を続けた。

今回の件は、店子《たなこ》に落ち度がまったくない。そうである以上、本来であれば家主の責任で別のアパートを紹介するなり、ホテルなどに宿泊する費用を負担するなりするのが筋である。

だが、周辺相場より家賃が安いコーポ安藤では、アパートの家賃収入による利益などほとんどないらしい。しかも、一〇二号室の敬子が家賃を滞納しているため、ますます収入が少ないそうである。厚生年金の収入がなかったら、治郎は生活もままならなかったようだ。

そんな状況なのに、入院費と手術費、そしてアパートの修繕費等までかかるのである。淳也に対して、すぐに金銭的な補償をするのは難しい、というのは容易に理解できることだった。

「かと言って、さすがにわたしも祖父もいない間、榎本さんをメゾネットに泊めておくわけにもいきませんし……」

「まぁ、確かにそうですよねぇ」

夏海の申し訳なさそうな言葉に、淳也はそう応じていた。

こちらは、店子ではあるものの彼女の身内や恋人ではない。そんな男を、不在の間ずっとプライベート空間に住まわせることに抵抗があるのは、至極当然と言える。自身が夏海と同じ立場だったとしても、やはり同様のことを言っただろう。

（だけど、だからってウチの親に、追加の出費は頼めないからなぁ）

淳也の両親は、茨城県の某市で個人経営の喫茶店を営んでいるが、大手チェーンカフェの進出で経営状態はお世辞にも芳《かんば》しいとは言えなかった。その状況でも、なんとかお金を工面して大学へ行かせてくれたのである。一時的であれ、予定外の負担をかけるのは忍びない。

とはいえ、生活費の仕送りはほぼないようなものなので、淳也は大学生活の傍《かたわ》らアルバイトにいそしんでいた。それで、どうにかまともな生活ができているが、さすがに貯金はほとんどない。したがって、自力で当面の宿泊費を捻出《ねんしゅつ》するのも困難だ。

「榎本さんは、お友達に連絡を取ったりしましたか？」

「あ、はい。さっき、アルバイトの合間に。だけど、『急に何日も泊めるのは難しい』と言われて。少なくとも、明日の夜とかその先数日くらいは、みんな都合が悪くてどこも……」

夏海の質問に、淳也はそう応じてうなだれていた。

もともと、寝泊まりさせてくれるくらい親しい友人の数自体が少ないこともあるが、あまりにも急すぎる話だったため、引き受けてくれる人間がいなかったのである。

「そうですか。それじゃあ、篠塚さん？　やっぱり、先ほどのお話のとおりでお願いできますか？」

と、夏海が敬子を見て言う。

「ええ。娘が修学旅行でいない、明日から三泊四日、彼をウチに泊めてあげる代わりに、家賃を一ヶ月分免除《めんじょ》ね」

二人の予想外のやり取りに、淳也は「ほぇ？」と素《す》っ頓狂《とんきょう》な声をあげていた。

「あっ、実は榎本さんが帰ってくる前に、泊まるところがなかった場合の策について、話し合っていたんです。羽鳥さんには、断られてしまいましたが」

「あたしは今、仕事が忙しいのよ。夕べも帰りが午前様になったし、あと何日か平日はこんな日が続くから」

話題を振られた真緒が、そう言って肩をすくめる。

なるほど、帰宅が深夜になるような状況では、自室に他人を泊めるのは難しい。

「いや、その、大家さんの了解は……」

「大丈夫です。祖父にも電話で相談して、ちゃんと許可を取りましたから。一ヶ月分の家賃がなくなるのは痛いですけど、榎本さんがどこかに泊まる費用を負担することを思えば安い、と納得してもらっています」

淳也の疑問に、夏海がにこやかに応じた。

「ああ、なるほど。って、事情はだいたい分かりましたけど、だからって僕が篠塚さんの部屋に泊まるのは……」

「別に、気にしなくていいわよ。困ったときはお互い様。それに、実のところキミを三日間泊めただけで滞納分が減るのは、ウチとしてもとても助かるの」

なおも躊躇《ちゅうちょ》する淳也に対して、敬子があっけらかんと答えた。

どうやら、自分にもメリットがあるため、彼女は今回の話に前向きらしい。

（だけど、メゾネットは一つ屋根の下とはいえ別室だからまだしも、アパートの部屋は……いや、２ＤＫだから別々に寝られるかな？）

それに、こちらは先月二十一歳になったばかりの童貞だが、敬子は中学三年生の娘を持つ三十五歳の未亡人である。娘と六歳違いの若者など、自分の子供と大差ない感覚で見ているとしてもおかしなことはあるまい。

また、明日から三泊の猶予《ゆうよ》があれば、大学でもう何人かの知り合いに直接ヘルプを求めることはできる。最悪、全員に断られた場合は、夏海が帰ってくる再来週の土曜日までの一週間あまり宿なしになってしまうが、それは今の段階で気にしていても仕方がないだろう。

そう考えると、敬子の部屋で世話になることが、現状では最善策という気がする。

「えっと……じゃあ、その案でお願いします」

淳也は、未だに困惑を拭《ぬぐ》いきれないまま、そう言って頭を下げた。

2

（……とは言ったものの、これはどうしたらいいんだろう？）

日曜日の夜、入浴のあとパジャマに着替えた淳也は、一〇二号室の敬子の部屋で、なんとも落ち着かない気分のまま視線を泳がせていた。

それもそのはずで、アルバイトから帰ってくると、テレビなどが置かれた六畳間に、自分の布団と未亡人の布団が並んで敷かれていたのである。

2DKなのだから、てっきり別々の部屋で寝るものとばかり思っていたが、敬子が言うには、一間《ひとま》は娘に独占して使わせている、とのことだった。

中学三年生という多感な年頃の少女は、たとえ母親であっても自室で他人が寝泊まりするのを嫌がったらしい。もちろん、淳也が泊まることは愛奈も了承済なのだが、自室を使わせることは頑として拒んだそうだ。

かと言って、ダイニングキッチンに布団を敷くのも、テーブルの片付けなど諸々《もろもろ》を考えると難しい。そうなると、いつも敬子が寝室として使っている部屋で布団を並べて寝るしかないのである。

これだけでも緊張するには充分と言えるのだが、加えて彼女は今、淳也に続いて入浴していた。

カーテン一枚で仕切りを作っただけの脱衣スペースは、六畳間から直接は見えない。しかし、シャワーの音などは丸聞こえである。そんな距離で、未亡人とはいえ美しい女性が風呂に入っているのだ。たとえ、エッチな期待などしていないとはいえ、童貞大学生に「緊張するな」と言うほうが無理だろう。

（そりゃあ、安藤さんが言い出したことだし、篠塚さん……敬子さんも、愛奈ちゃんも了解していることだけどさ……）

今日は、午前中にまず愛奈が修学旅行に出かけ、淳也が布団や必要な荷物を一〇二号室に運び込んだのを見届けると、夏海も明日からの教育実習のためメゾネットをあとにした。

そうして、淳也はアルバイトに、敬子も近所のスーパーのパート仕事に、それぞれ出かけたのである。

その後、十八時過ぎに淳也がアルバイトから帰ってくると、既に未亡人は帰宅していて、六畳間に布団が並べて敷かれていた。そして、夕飯を食べつつこうなった事情を教えてもらった次第である。

ちなみに、夕食は彼女がパート先で購入してきた総菜がメインだった。パート従業員は、店の商品をかなり割安で買えるらしい。もっとも、今回は自腹で購入したものの、普段は本当なら破棄する賞味期限切れの総菜を店長の厚意で譲ってもらって、食費を節約しているそうだ。

そこまでしても、家賃を滞納するほど生活が苦しいのは、少ない収入の中で愛奈の修学旅行の積立金を捻出していたことが一因だった。本来、最優先にするべき家賃より一人娘の事情を優先したのは、敬子がそれだけ彼女を大切にしている証明と言える。

なんでも、敬子の夫は自損事故で死亡したが、保険契約の関係で保険金が満足に出ず、事故で壊した物品の賠償のため、住んでいたマンションを売ってどうにかお金を工面したらしい。そうして、彼女と愛奈は家賃の安いコーポ安藤で暮らすようになった、という話である。

普段の表情を見ていると、未亡人はあっけらかんとしているように思えてならない。しかし、実はなんとも重たい過去を背負《せお》っていることを、話を聞いた淳也は痛感したのである。

もっとも、二人は今の生活に苦労はあっても前向きに乗り切ることを考えているらしく、敬子はもちろん愛奈からも愚痴を聞いたことはなかった。

ちなみに、愛奈は学業成績がとても優秀で、高校は成績優秀者が得られる奨学金があるところを推薦で受験するつもりらしい。母親に学費で負担をかけまいとする、彼女の優しさが感じられる話と言える。

そうした話をしている最中に、敬子から「名前で呼んでもらえると嬉しいわ。わたしも、キミを名前で呼ぶから」と言われたため、淳也は「篠塚さん」から「敬子さん」に呼び方を変えていた。

しかし、そんなことを思い返していても、この居心地の悪さは解消されるものではない。

そのため、気を紛《まぎ》らわそうと改めて部屋を見回すと、今さらながら室内の端に段ボール箱などがかなり強引に積み上げられていることに気付いた。おそらく、懸命に片付けて二人分の寝床を作ったのだろう。

そう考えると、この布団の近さもやむを得ないという気がしてくる。

(だけど、やっぱり敬子さんと並んで寝るなんてなぁ……)

十歳以上も年上だが、彼女はなかなかの美人で、しかも相当な巨乳の持ち主である。母親以外の女性と枕を並べて寝るなど、これまでに経験したことがないので、巨乳美女の横で果たして就寝できるのか、というのが正直な気持ちだった。

どうにも落ち着かず、再び部屋を見回したとき、淳也は積み上げられた段ボール箱にいささか不安定になっている箇所があるのを見つけた。

「あれは、放っておくと崩れそうだな。もしも、寝ているときに崩れたりしたら、顔面を直撃するかも」

敬子が風呂から出るのを待つのもなんなので、淳也はその部分を直そうと箱に手をかけた。だが、横着していくつかまとめて持ち上げたため、意外と重量があった上のほうのバランスが崩れてしまう。

「うわっ、ちょっ！　わわっ！」

なんとか立て直そうとしたが間に合わず、段ボールがいくつかドンッと音を立てて布団の上に横向きに落ちた。そして、封がされていなかった箱の中身が散乱する。

「ああっ、やっちゃった。とりあえず、割れるようなものじゃなくてよかった……って、これはアルバム？」

段ボールに入っていたのは、写真のアルバムだった。ただし、冊数がかなり大量にあり、その一部が布団に広がってしまったのである。

淳也は、急いでアルバムを手にして段ボール箱にしまおうとした。だが、そうするとページの開いた部分が否応《いやおう》なく目に入ってしまう。

「えっ？　こ、これって……」

写真を見たとき、淳也は驚きのあまり思わず手を止めていた。

そこに写っていたのは、かなり若々しい敬子の姿だった。顔立ちから見て、今の淳也と同じか少し下の年齢のときに撮影したものだろう。

しかし、それだけなら特に驚くようなことはない。問題は、写真の敬子が着ている服とポーズだった。

彼女は、カラフルなフリル付きの衣装を身に纏《まと》い、星のマークがついた長めのステッキを持って明らかな決めポーズを取っていたのである。

「これは、コスプレ……だよな？」

その衣装やポーズには、淳也も見覚えがあった。

それは、まだ小学校の低学年だった頃に見たことのある変身魔法少女もののアニメで、当時は意識していなかったが、いわゆる「大きなお友達」に絶大な人気があった、とあとから知った作品である。

写真は、そのメインヒロインの衣装を着た敬子が、変身直後のヒロインの決めポーズを取っているものだ。デザイン的に胸が強調されているため、いっそうエロティックな感じである。

ちなみに、同じページには他のポーズの写真が、ビッシリと収まっていた。

ただ、どう見ても自撮りとは思えないし、彼女は恥ずかしがっている様子もなく、むしろ楽しそうに見えた。おそらく、その手のイベントで誰かが撮影した画像を印刷して、アルバムに入れたのだろう。

状況から見て、この一冊、いや段ボールに入っているアルバムのすべてが、コスプレ写真である可能性は高い。

（まさか、敬子さんにこんな趣味があったなんて……）

そう思いながらも、淳也は写真から目を離せなくなっていた。

「ちょっと、淳也くん？　なんかすごい音がしたけど、大丈夫？」

そんな敬子の声が近くで聞こえて、ようやく我に返った淳也だったが、顔を上げた途端《とたん》に目を丸くしていた。

何しろ、彼女はバスタオルを身体に巻き付けただけの格好で、風呂から出てきていたのである。

髪はタオルで包んでおり、胸もほぼしっかり隠されているが、肩から腕のラインは丸見えになっており、バストの大きさが見て取れる。また、足も太股のかなり上のほうまで見えていた。顎などから水滴《すいてき》がポタポタと落ちているところから考えて、音を聞いて、身体を拭《ふ》くのもそこそこに、慌てて駆けつけたのだろう。

ただ、敬子もこちらが開いたアルバムを手にしているのを見て硬直していた。どうやら、あまり他人に見られたくなかったものだったらしい。

「……淳也くん？　それ、見ちゃったのね？」

やや間《ま》を空《あ》けてから、未亡人が絞り出すように口を開いた。

その言葉で、淳也もようやく我に返った。

「あっ……は、はい。えっと、箱が崩れそうだったから、その、整えようとしたら逆に崩れちゃって、そしたら、あの、中が飛び出して……それで、アルバムが開いちゃったもんで……」

どうにか言い訳を試みたが、彼女の格好を目にした動揺もあって、言葉が上手《うま》く出てこない。

それでも、敬子は事情を察してくれたらしく、諦めたように「はぁ〜」と大きなため息をついた。それから、改めて口を開く。

「まぁ、見られちゃったものは仕方ないわね。わたし、ちょうど今の淳也くんの歳くらいまで、コスプレイヤーをやっていたのよ。小道具はともかく、衣装は全部、手縫いで作っていたわ。あの頃は、けっこう人気もあったんだから。死んだ夫と出会ったのも、コスプレのイベント会場だったし。もっとも、愛奈が生まれてからは、まったくやってないし、コスプレのことも話していないんだけど。お願いだから、キミも愛奈には秘密にしてね？」

「あ、はぁ、それはもちろん……けど、なんでアルバムの入った箱を？」

「ずっと、押し入れの奥にしまっていたんだけど、淳也くんのお布団を敷くのに、どうしてもスペースが足りなかったのよ。だから、押し入れのものをいったん出したりして、急いで荷物の配置を変えたの」

淳也の疑問に、彼女が肩をすくめながら応じた。

なるほど、淳也が帰ってくる前に整理を済まそうと慌てたせいで、箱の中身を気にして積む余裕がなく、アルバムの箱をうっかり一番上に置いてしまったらしい。

とはいえ、引っ越しのときに捨てなかったと言うことは、完全な黒歴史扱《あつか》いにする気にもならなかったのだろう。

しかし、大きな疑問が解消されると、今度は敬子の今の格好が異常なくらい気になってくる。

「ええと、事情は分かったんで、その……敬子さん、そろそろ服を……」

淳也はどぎまぎしながら、そう口にしていた。

「ん？　ああ、男の子にはちょっと刺激が強かったかしら？」

今さら気付いたように、未亡人がそう応じる。ただ、子供がいる人間の余裕なのか、動揺している様子がまったくない。

むしろ、淳也のほうがこれ以上は正視できずに彼女から目を逸《そ》らしていた。

頬《ほお》が熱くなっているので、おそらくかなり紅潮しているだろう。

「ふふっ。淳也くん、赤くなっちゃって可愛い。夏海ちゃんの着替えを見たときも、そんな感じだったのかしら？」

敬子からそう訊《き》かれたものの、あまりにも図星なので、淳也は答えることができなかった。

淳也は異性との交際はおろか、風俗店に行った経験もない正真正銘の童貞である。苦学生で店へ行く金銭の余裕がないのは、もちろん大きな理由だが、お金を出して好きでもない女性を抱く気にはならず、友人からその手の店に誘われてもすべて断っていたのだった。

ところが、今はバスタオルを身体に巻いただけの敬子が、手を伸ばせばすぐ届くほど近くにいて、こちらを見つめているのだ。

これが、まったく好みから外れた相手なら興奮しなかったかもしれない。だが、彼女ほどの巨乳美女となると、たとえ夏海に心惹《ひ》かれていても、自然に股間のモノがふくらんできてしまう。

（ヤバイ。こんなところを、敬子さんに見られたら……）

もしも、興奮していることを彼女に知られたら、いったいどうなってしまうのだろうか？　この時間に部屋を追い出されても、さすがに駆け込めるところなどまったく思いつかない。

しかし、敬子の次の言葉は、こちらが予想もしていなかったものだった。

「淳也くん、わたしで興奮しているのね？　ふふっ、嬉しいわぁ」

「えっ？　嬉しい？」

「ええ。だって、興奮するってことは、わたしを『女』として意識してくれている証拠だもの。子供を産んで『母親』になると、『女』であることを後回しにしちゃうのよ。それに、わたし、昔よりもかなり太っちゃったし。それなのに、まだ若い男の子が魅力を感じてくれているんだから、嬉しいに決まっているじゃない？」

驚く青年に対し、彼女が笑みを浮かべながら言う。

（そういうものなのか？　僕には、よく分からないなぁ）

淳也は混乱しながらも、そんなことを思っていた。

ただ、敬子が性的な視線に怒ったり、嫌悪感を抱いているわけではないようなので、その点については胸を撫で下ろせた、と言っていいだろう。

しかし、彼女は「太った」と言っているが、普段の姿を見ていてもそうは感じなかった。もちろん、夏海や真緒と比べればウエスト周りはふくよかだが、胸が大きいのでそれほどの違和感はない。大学にいる同期生には、もっとふっくらした女性が何人もいるので、出産を経験していながら三十五歳でこのスタイルを維持しているのは、むしろ立派なほうではないだろうか？

そんな巨乳美女が、バスタオル一枚で目の前にいるのだ。これは、童貞大学生にはいささか刺激が強すぎる。

「あ、あの……とりあえず、そろそろ服を……」

淳也が、なんとかそう切り出すと、敬子は妖しい笑みを浮かべて身体をかがめ、顔を近づけてきた。

「あら、もう？　うふふっ、やっぱりエッチの経験がないみたいね？　ほら、もっと見てもいいのよぉ」

からかうように言われて、半ば反射的に顔を上げると、彼女がかがんでいることもあって豊満な胸の谷間がはっきりと見えた。と言うか、わざと見せているのは間違いあるまい。

ただ、それを目にしただけで心臓が大きく高鳴ってしまい、淳也は慌ててまた視線をそらしていた。このまま見続けていたら、本当に性欲を我慢できなくなってしまいそうだ。

すると、敬子は隙を突くように後ろに回り込み、そのまま抱きついてきた。

当然、大きくて柔らかな二つのふくらみが、バスタオル越しとはいえ背中に押しつけられて、淳也は「ふあっ？」と素っ頓狂な声をあげていた。

（こ、これは……温かくて、ムニムニしていて……それに、に、匂いが……）

生々しい乳房の感触だけでも、充分すぎる興奮材料である。ところが、そこに女性の体温と石鹸の匂いも混じってきたのだ。

おかげで、淳也の心臓は喉《のど》から飛び出しそうなくらい高鳴ってしまう。

「けっ、敬子さん!?」

「ねえ、淳也くぅん？　わたしと、したくなぁい？」

「し、したくって……な、何を？」

「もう。本当は、分かっているんでしょう？　セッ・ク・ス」

ズバリと言われて、淳也は二の句を継げずにいた。

彼女のほうから、このように誘ってくるとは予想もしていなかった事態である。いや、まったく想像していなかった、と言ったらさすがに嘘《うそ》になるが、夢物語程度の低い期待値だったのだ。

そんな出来事が本当に起こったことで、思考が混乱して言葉を失った、と言ったほうがいいだろう。

「実はね、わたしもさっきからずっとドキドキしていたのよぉ。淳也くん、娘と年齢が近いし顔見知りだから大丈夫、と思って夏海さんの頼みを引き受けたんだけどね。でも、男の人と相部屋なんて何年もなかったことだし、直前にキミが入っていたと思ったら、入浴中もなんだか落ち着かなくなっていてぇ」

ただでさえ興奮状態になっていたが、耳元でこんなことを囁くように言われては、ますます股間に血液が集中していく。

「あ、あの、僕、まだ学生だし、お金も……」

思考が混乱を極めている中、淳也はどうにかそう口にしていた。

もし、ここで敬子と関係を持ったらいったいどうなってしまうのか、という不安が、どうしても脳裏をよぎってしまう。

「あら？　ふふっ、別にセックスをしたからって、『責任を取って』なんて言わないわよ。これでも、夫と結婚する前はそれなりに遊んでいたし、わたしは久しぶりのセックスで性欲を発散したいだけ。一方で、キミは初めてのセックスを経験できる。お互いに、メリットしかないと思わない？」

このように言われると、そのとおりかもしれない、という気持ちになってくる。だが、それでも淳也はなおためらっていた。

「いや、でも、ここはアパートだし、この上には羽鳥さんが……」

「あんまり大きな声を出さなければ、そうそう聞こえたりしないわよ。だいたい、淳也くんだってこのまま何もしないでいたら、きっと寝付けないでしょう？　それとも、わたしの隣で寝るくらい平気？」

「そ、それは……」

確かに、もともと敬子の隣では寝つけないのではないか、と心配していたのだ。加えて、このようなことを言われたのだから、ここで拒んで何事もなく終わったとしても、平常心を取り戻せるとは思えない。

とにかく、すぐ目の前に「抱いていい」女体が息づいているのだ。ずっと手に入らないと思っていたものが、いきなり同じ室内に現れたわけである。

ただ、だからと言って「それでは」とアクションを起こすのは、童貞青年にはあまりにもハードルが高い。

淳也が言葉もなく固まっていると、敬子が「はぁ」と息を吐《つ》いて身体を離した。そして、前に回り込んでくると頭のタオルを外してボブカットの髪を出し、さらにバスタオルもはだけて裸体をさらけ出す。

大きな乳房に、彼女が気にしているウエスト、それに恥毛に覆われた秘部までが丸見えになり、淳也は思わず息を呑んでいた。

確かに、裸になると若干ふっくらしている感じはするが、その肉体は充分に魅力的と言える。

そうして見とれている隙に、敬子の美貌がみるみる迫ってきて、次の瞬間には唇に温かくプルンとした感触が広がる。

「んっ、ちゅっ、ちゅぱ……」

声を漏《も》らしながら、敬子が唇をついばむように動きだす。

突然のことに、キスをされた事実に淳也が気付くまで若干の時間を要した。

（こ、これがキス……）

それしか考えられずにいると、さらに未亡人は体重を預けてきた。

呆気に取られていた淳也は、その行動に抗《あらが》うことができず、布団に仰向《あおむ》けに倒されてしまう。

「んっ、ちゅっ、ちゅぶ、んんっ……」

敬子がさらにキスを続け、唇からなんとも言えない快感が生じる。

そうしてもたらされる心地よさに、淳也はいつしか酔いしれていた。

3

「んっ。んぐ、んぐ、んじゅぷ……」

「ああっ。け、敬子さんっ、それっ、ううっ……」

布団に寝そべった淳也は、分身からもたらされる初めての快感に、ただただ喘《あえ》ぐことしかできずにいた。

敬子は、ファーストキスでこちらの思考回路がショートしている間に、手早くズボンとパンツを脱がして勃起《ぼっき》を露《あら》わにした。そして、「あら、とっても立派ぁ」と嬉しそうに言うと、肉棒を咥《くわ》え込んでストロークを始めたのである。

生温かな口に包まれ、口唇の動きで竿《さお》から生じる心地よさは、自分の手でしごくのとはまったく別次元のものだった。そのため、彼女の行為を制止しようという気持ちも湧いてこない。

淳也が快感に浸《ひた》っていると、ひとしきりストロークをした未亡人が、ペニスを口から出した。

「ぷはあっ。淳也くんのオチ×チン、本当に立派だわぁ。こんなにいいモノを持っているのに、今まで女の子と付き合ったことがないなんて、すごく勿体《もったい》ないわねぇ」

こちらを見て、敬子がそんなことを言う。

だが、淳也は未だに呆然としていて、彼女の言葉に応じることができなかった。

「ふふっ。気持ちよさそうな顔をして。だけど、まだこれからよぉ」

と、妖しい笑みを浮かべながら言うと、未亡人は亀頭に舌を這わせだした。

「レロ、レロ……ンロロ……ピチャ、ピチャ……」

「ふあっ！　そ、それはっ。はううっ！」

舌が這ったところから鮮烈な快感がもたらされて、淳也はおとがいを反《そ》らしながら、自分でも情けないと思う声をあげていた。

唇でしごかれるのはもちろんだが、先端に軟体物が這い回る感触は、まったく未経験の刺激である。そのため、どうにも声を抑《おさ》えられない。

「チロロ……ふふっ、とっても初々《ういうい》しい反応で、なんだか嬉しくなっちゃう。もっといっぱいしてあげるわねぇ。ピチャ、レロ……」

と、今度は敬子が陰嚢《いんのう》を舐《な》めだす。

「ふおっ。そ、そこっ。ううっ……」

思いがけないところから快感が生じて、淳也は呻《うめ》くような声で喘いでいた。

まったくもって、彼女のテクニックに翻弄《ほんろう》されっぱなしだが、これればかりは経験の差なのでどうしようもあるまい。

敬子は、陰嚢から竿を舐めながら、舌の位置を少しずつ先端に近づけていった。そして、カリに到達するといったん舌を離し、「あーん」と口を大きく開けて、再び肉棒を深々と咥え込む。

「んっ、んぐ、んじゅ、じゅぶる……」

「くあっ！　はうっ、それっ、よすぎっ……ううっ……」

再び唇で竿をしごかれて、淳也はもたらされた快感にひたすら喘いでいた。

(くうっ。こ、これがフェラチオ……なんて、気持ちがいいんだろう！)

エロ漫画などを見て、自分がされることをさんざん想像してきた行為だが、現実の心地よさは予想していた以上だった。

口唇で刺激されるたびに、分身から甘美な性電気が発生して脊髄《せきずい》を貫《つらぬ》く。今は、仰向けに寝そべっているからいいが、立っていたら快感で腰が砕けて、その場にへたり込んでいただろう。

「ああっ、敬子さんっ。僕、そろそろ出そう！」

先端に込み上げてくるものを感じて、淳也はそう訴えていた。

すると、未亡人がストロークをやめてペニスを口から出した。

「ぷはあっ。あら、もう？　あっ、確かに先走りがこんなに。まぁ、初めてのフェラじゃ仕方がないわね。だけど、お布団を汚したくないし……そうねぇ。このまま続けるから、わたしのお口に出していいわよ」

「えっ？　く、口に？」

知識として、「口内射精」というものがあるのは知っていたが、まさか女性のほうからリクエストしてくるとは。

「ええ。大丈夫、わたしは経験済みだから。あむっ」

と、敬子がまた肉棒を口に含《ふく》み、小刻みでリズミカルなストロークを行ないだす。

「んっ、んっ、んんっ……」

「ふはっ。そんなに……ああっ。本当に、もう……」

射精を促《うなが》す刺激を受けて、淳也はそう訴えていた。

さすがに、いくら「口に出して大丈夫」と言われても、「はい、そうですか」とすんなり応じるのは、未経験の童貞には難しい。

かと言って、相手が自ら望んでいる行為を拒むことも、今の淳也にはできなかった。

「んっ、んぐっ、んんっ……」

「はううっ！　も、もうっ……出る！」

と口走るなり、限界に達した淳也は未亡人の口内にスペルマを解き放っていた。

「んんんんんっ！」

敬子は、目を白黒させてくぐもった声をあげながらも、浅い位置で動きを止めて精をしっかりと受け止める。

（うわぁ！　で、出続けて……）

淳也は射精しながら、魂が一緒に抜けそうなほどの心地よさに浸っていた。

最初から寝そべっていなかったら、たとえここまで我慢できたとしても、この時点で腰が砕けてひっくり返っていたに違いあるまい。

自分で発射しても、これほど気持ちよくなったことはなかった。やはり、これが女性にしてもらって出す快感というものなのだろう。

やがて、大量のスペルマの放出が終わると、敬子は精をこぼさないように気をつけているのか、ゆっくりと顔を引いて口から一物《いちもつ》を出した。

「んっ。んんっ。んぐ、んぐ……」

彼女は声を漏らしながら、喉を鳴らしだした。それが何をしているのかは、考えるまでもなく明らかである。

（うわっ。飲んでるよ。本当に、僕の精液を……）

精飲という行為があることは知っていたが、初体験でいきなり目にすることになるとは、まったく予想もしていなかったことだ。

そのため、ついつい未亡人に見入ってしまう。

やがて、彼女は舌を出して唇に付着した白濁《はくだく》液まで舐め取った。

「ふはあ。すごく濃いのが、いっぱぁい。喉に絡《から》みついて、飲むのもちょっと大変だったわぁ」

陶酔した表情を浮かべながら、敬子がそんなことを口にする。

その彼女の姿が、なんともエロティックに思えてならない。

すると、未亡人が視線を淳也の股間に向けた。

「あらあら、まだとっても元気ねぇ？　これなら、何回でもできそうだし、次はこっちでしてあ・げ・る」

嬉しそうに言って、彼女は自分の胸に手をやる。

それだけで、敬子が何をしようとしているのか、容易に想像がついた。

（ぱ、パイズリ……）

そう思っただけで、淳也は思わず生唾《なまつば》を呑み込んでいた。

アダルトビデオで見て、「パイズリ」という行為自体は知っている。確かに、彼女ほどの大きさがあれば余裕でできるだろう。

未亡人は、妖しい笑みを浮かべながら身体を倒し、胸を一物に近づけた。そして、肉棒を二つのふくらみの谷間で挟み込む。

手や口とは異なる感触に、ペニス全体を包まれた瞬間、甘美な心地よさが全身を貫いて、淳也は思わず「ふあっ」と間の抜けた声をあげていた。

挟まれただけでこれほどの快感が生じるとは、さすがに予想外である。

「それじゃあ、動かすわねぇ。んっ、んっ……」

と、敬子が手で乳房を動かし始めた。

すると、谷間に挟まれた竿が擦《こす》られ、性電気が発生する。

「はうっ！　お、オッパイが……くうっ！」

あらかじめ想定していたよりも何倍も鮮烈な快感に、淳也はそれだけ言葉にするのがやっとだった。

分身をしごく、という行為自体は手や口と大差ないはずである。しかし、肉棒全体が未知の感触に包まれている上、左右の胸で交互にしごかれると、今まで感じたのとは違った心地よさがもたらされるのだ。

もちろん、彼女は仰向けになった淳也の上に乗った状態でパイズリをしているので、動きそのものは大きくない。しかし、それでも理性を崩壊させるのに充分すぎる快電流が、全身を駆け巡る。

「んっ、んっ、どう？　んふっ、気持ちいい、んんっ、でしょう？　んっ、んんっ、んはっ……」

手を動かしながら、敬子が問いかけてくる。

「ううっ。は、はい……よすぎ……あううっ！」

もたらされる心地よさに翻弄されながら、淳也はどうにか正直な感想を口にした。

とにかく、行為による快感はもちろんだが、うつ伏せ気味の体勢でパイズリしている巨乳未亡人の姿そのものが、視覚からの興奮を煽《あお》ってやまない。

「んっ、じゃあ、もっとしてあげるぅ。んっ、んあっ、んっ……」

そうして、彼女はさらに手に力を込めて、肉棒をしごき続けた。

（ああ、これ……すごい！　パイズリって、すごく気持ちがいい！）

もはや、淳也はもたらされる快楽の虜《とりこ》になっていた。

すると間もなく、敬子の呼吸がだんだんと荒くなってきた。

「んはっ、あんっ、んんっ……ふあっ、ああんっ……」

頬を紅潮させた様子から見ても、彼女がパイズリで激しく興奮しているのは間違いあるまい。

そんな女性の姿を目にしているだけで、ペニスの先端から透明な汁が溢《あふ》れ出し、早くも二度目の射精感が込み上げてきてしまう。

「け、敬子さんっ。僕、また……」

「んはあっ。あっ、そうねぇ。それじゃあ、最後はとっておきでイカせてあげるぅ」

いったん、手の動きを止めてそう言うと、未亡人はそのまま再び肉棒の先端を咥え込んだ。そして、パイズリを再開しながら、今度は亀頭を舌で刺激し始める。

「んっ、レロ……んんっ、んじゅる、チロロ……」

「ふああっ！　そっ、そんなっ……」

パイズリフェラの刺激に、淳也はおとがいを反らして声をあげていた。

口での奉仕と胸での奉仕は、単独でも鮮烈な性電気を生じさせるのに、それを同時にされているのだ。童貞大学生に、この快感をいなすことなどできるはずがない。

おかげで、込み上げてきていたものが、一気にレッドゾーンまで駆け上がっていく。

「ううっ！　もうっ、出る！」

と口走るなり、淳也は未亡人の口内に二度目のスペルマを注《そそ》ぎ込んでいた。

4

「んぐ、んむ……ぷはあっ。連続なのに、すごく濃かったぁ。それに、あれだけ出したのにまだすごく元気で……ここまでタフなオチ×チン、わたしも初めてよぉ」

身体を起こして口内の精を処理すると、敬子が陶酔した表情を浮かべながら言った。

とはいえ、ペニスのタフさを褒められても、こちらとしてはなんとも答えようがない。そもそも、フェラチオとパイズリフェラで立て続けに抜かれて頭が真っ白になっているため、彼女の言葉も半分夢心地に聞こえていた。

「はぁ。わたしも、もう我慢できなぁい。こんなことしたの久しぶりだから、オチ×チンが欲しくてたまらないのぉ」

そう言うと、未亡人が腰の上にまたがってきた。そして、一物を握って秘部にあてがう。

未だに呆然としていた淳也は、彼女の行動を止めようという考えすら湧かず、ただ見守るしかなかった。

「淳也くぅん、挿入するわよぉ。キミのオチ×チンが、わたしのオマ×コに入るところ、よく見ていてねぇ」

そう言いながら、敬子が腰を沈み込ませる。

すると、先端が秘裂にズブズブと呑み込まれていき、生温かな肉の感触が伝わってきた。

「ほああっ……こ、これは……」

肉棒からもたらされた新たな快感に、淳也はまた声をあげていた。

先に射精していなかったら、この心地よさだけであっさり暴発していただろう。

敬子は、こちらの反応に構うことなく、さらに腰を沈ませていく。

その動きに合わせて、肉棒が温かな膣壁にだんだんと包まれていくのが、はっきりと感じられる。

そして、分身全体が肉壁に包まれたところで、彼女の股間が淳也の股間にぶつかって動きが止まった。

「んはああ……全部、入ったわよぉ。これで、淳也くんも童貞から卒業ねぇ？　おめでとう」

そう言われたものの、あまりの心地よさに思考回路がショートした感じで、淳也は言葉を発することもできずにいた。

（ああ、これがオマ×コの中……）

手や胸はもちろん、口ともまったく違う感触に肉棒が包まれた感覚は、ここまで経験したどの行為とも異なるものに思えてならない。何しろ、膣肉が分身に絡みついてきて、ジッとしていても快感がもたらされるのである。

「それじゃあ、動くわねぇ。んっ、んっ……」

と、こちらの腹に手をついた未亡人が、腰を小さく上下に動かし始めた。

「はうっ！　ああっ、これっ……す、すごっ……くうっ！」

彼女の動きに合わせて、ペニスから鮮烈な性電気が発生し、淳也は声を漏らしながらおとがいを反らしていた。

「んっ、はっ、淳也くんっ、あんっ、すごく気持ちよさそうっ。んはっ、わたしもっ、あんっ、いいわっ。んはっ、オチ×チンッ、あんっ、奥に当たってぇ、んはっ、すごくいいのっ。んあっ、あんっ……！」

腰を動かしながら、敬子がそんなことを口にする。

声をなんとか抑えているものの、彼女も充分な快感を得ているらしい。

もっとも、淳也は初めて味わう快楽に酔いしれていて、未亡人のことを考える余裕などまったくと言っていいほどなかったのだが。

（ああっ、すごく気持ちいい！　これが、本物のセックスなのか……）

想像していた以上の心地よさに、淳也の心の中にそんな思いが湧き上がってくる。

これほど気持ちいいのなら、恋人のいない友人がお金を払ってでも風俗店に行く理由が分かる気がした。正直、夏海と進展がないまま敬子との関係も終わって、もしも経済的な余力があったなら、自分もその手の店へ行きたくなりそうだ。

現実には風俗店通いをする金銭の余裕などないのだが、孤独な指戯で欲望を処理し続けることも、今後は難しくなる気がしてならない。

「淳也くんっ、んはっ、こういうのはっ、あんっ、どう？　んっ、ふあっ……」

と、敬子が上下動に腰の回転を加え始める。

「うあっ。そ、それっ、よすぎっ……」

新たにもたらされた心地よさに、淳也は半ば本能的に声をあげていた。

それに、こうして彼女が動くと大きな乳房がタプタプと音を立てて揺れる。その光景が、男の劣情を煽ってやまなかった。

二度射精していたおかげで、なんとか耐えられているが、一度だけだったらもう我慢できずに暴発していたかもしれない。

「んっ、あっ、ああっ、わたしっ、あんっ、よすぎてっ、あうっ、大声っ、あんっ、出ちゃいそうっ、んはあっ」

そう言うと、敬子がいったん動きを止めて上体を倒してきた。そして、淳也に抱きつくような体勢になる。

（うわっ。オッパイが僕の胸で潰れて……）

いきなり大きなバストを押しつけられて、淳也は驚きを隠せなかった。

「んあっ。オチ×チンが、中でピクッてぇ。わたしのオッパイで、興奮が高まったのねぇ？」

耳元で、未亡人がそんなことを囁く。

このように指摘《してき》されると、さすがに恥ずかしくて返す言葉がない。

「ふふっ、いいのよぉ。わたし、嬉しいんだからぁ。それじゃあ、もーっと気持ちよくしてあげるわねぇ」

そう言うと、敬子は枕カバーを嚙《か》み、抱きついたまま再び腰を動かし始めた。

「んっ、んっ、んんっ！　んっ、んむっ、んんんっ、んぐうっ……！」

彼女は自ら腰を振り、くぐもった声をこぼしだした。

先ほどまでより、動きはやや小さくなったが、それでも未亡人が充分な快感を得ているのは間違いあるまい。

もっとも、淳也のほうももたらされる快感に酔いしれ、もはやこの心地よさを堪能《たんのう》することと以外、何も考えられなくなっていた。

何しろ、膣肉に包まれた分身からは性電気が絶え間なくもたらされ、身体の正面で敬子のぬくもりを感じながら、バストの感触に包まれつつ女性の匂いを嗅いで、さらに耳元でくぐもった喘ぎ声を聞かされているのだ。

ついさっきまで童貞だった若者に、この状況で興奮を抑える術《すべ》などあるはずがない。

いったい、どれくらいの時間が経ったのか、もたらされる快楽に酔いしれていた淳也は、いよいよ三度目の射精感が込み上げてくるのを我慢できず、「ううっ」と呻き声をこぼしていた。

「んんっ……ふあっ、淳也くんのオチ×チン、あんっ、ビクビクしてぇ。また、出そうなのね？　いいわよぉ。今日はっ、んはっ、このまま中にっ、はあっ、タップリ注ぎ込んでぇ」

いったん、枕カバーから口を離した敬子が、そう言って再びカバーを噛んだ。

「んっ、んっ、んふっ、んっ……！」

と、彼女は射精を促すような小刻みな抽送《ちゆうそう》を始める。

淳也のほうは、未亡人のくぐもった喘ぎ声を聞きながら、中出しの意味を考えることもできず、のぼせたような状態になっていた。おかげで、ペニスを抜いてもらうとか、射精寸前に強引に彼女の腰を持ち上げて抜く、といったことも考えられず、ただ射精感に流されるままになってしまう。

そうして、とうとう我慢の限界が訪れた。

「ううっ……もうっ、出る！」

と呻くように言うなり、淳也は敬子の中に劣情の証《あかし》を発射していた。

「んんんっ！　んむううううぅぅぅぅぅぅぅ!!」

同時に、彼女も身体を強張《こわば》らせて動きを止めた。それでも、枕カバーを噛んだまま声を完全に殺したのは、さすがと言うべきか。

そうして、射精が終わると未亡人の肉体から力が失われていった。

「んはあ……三回目なのに、ザーメンでお腹がいっぱぁい。本当に、元気で素敵なオチ×チン。わたしも、気持ちよくて思い切りイッちゃったわぁ」

枕カバーから口を離した敬子が、耳元で囁くように言う。

しかし、淳也は初体験での中出し射精の心地よさに浸っていて、彼女の言葉に答えることができなかった。

第二章　自室で喘ぐ美女ＯＬ

1

「はぁ。敬子さんと、顔を合わせづらい……」

月曜日の夜、アルバイトを終えた淳也は、アパートに向かって歩きながら、ついそう独りごちていた。

今朝の敬子は、とてもご機嫌だったが、朝食のときも夕べのことを話題にしようとはしなかった。

また、淳也も今日は一限目から授業があったため、彼女とゆっくり話す余裕もなく大学に行ったのである。

それだけに、普段どおりに授業とアルバイトに励んでいると、だんだんと昨晩の出来事が夢だったように思えてきた。しかし、あの生々しい感覚が夢であるはずがない。

おかげで、アパートが近づいてくるにつれて、自然に胸が高鳴ってきてしまう。

果たして、敬子と夕べのことについて話せるのだろうか？　いや、それ以前にどんな顔をして彼女と会話すればいいのか、まったく見当がつかない。

できることなら、未亡人と顔を合わせずに済ませたい、というのが淳也の今の正直な気持ちである。

とはいえ、諸々の荷物を置いている以上、アパートに帰らないわけにもいくまい。

そんなことを思っているうちに、とうとうコーポ安藤が見えてきてしまった。

「ええい。あれこれ考えていたって、もう仕方がない。きっと、なるようになるさ」

と、淳也は半ばやけくそ気味に肩をすくめ、一〇二号室に向かった。

ドアのチャイムを鳴らすと、「はーい」と敬子の声が聞こえてきた。それだけで、自然に緊張が高まり、心臓の鼓動が早まる。

「あっ……え、榎本です」

「はいはーい。ちょっと待ってねぇ」

そんな返事がして、間もなく鍵が開く音がした。そして、内側からドアが開けられて未亡人が顔を見せる。

「お帰りなさい、淳也くん」

「ただいま……って、敬子さん、その格好!?」

淳也は、思わず素っ頓狂な声をあげていた。

何しろ彼女が着ていたのは、白地にピンクのラインが入った、フリル付きの可愛らしいワンピース型の衣装だったのである。

その服に、淳也は見覚えがあった。夕べ、写真で目にしたコスプレ衣装である。

ただ、写真と違ってサイズが合っていないため、衣装は今にもはち切れそうである。大きく動いたら、縫い目が破れてしまうのではないだろうか？

また、成熟《せいじゆく》しきった顔立ちと肉体に、短いスカートから半分以上出ているムッチリした太股が、ただでさえ露出度の高い装いと相まって、濃密な色気を醸《かも》し出している。

「そんなところに立ってないで、早く入ってちょうだい。近所の人に見られたら、さすがに恥ずかしいから」

そう促されて、淳也は呆気に取られたまま一〇二号室に入った。

「あ、あの、その格好は……？」

「コスプレ衣装の大半は、ここへ引っ越すときに処分したんだけど、お気に入りのは捨てられなくてね。これも、その中の一着。とはいえ、やっぱりキツキツだわ」

こちらの問いに、敬子がややピントのズレた返答をする。

「いや、だから、なんでそれを着て……」

「ふふっ。淳也くんが喜ぶかと思って、ちょうど試しに着たところだったのよ。さすがにもう似合っていないだろうけど、どうかしら？　興奮しちゃう？」

からかうように訊かれたものの、淳也はそれ以上の言葉を口にできなかった。

衣装がはち切れんばかりになっているため、ブラジャーのラインなどもクッキリ浮き出て見えている。だが、その生々しさは夕べ童貞を喪失したばかりの青年にとって、あまりにも刺激が強すぎた。

そうして、こちらが硬直していると、

「ねえ、淳也くん？　また、わたしとエッチしたくなぁい？」

と、敬子がしなだれかかるように身体を寄せて、甘えた口調で言う。

「えっ？　あ、あの……」

淳也は面食らって、間の抜けた声をあげていた。

未亡人のほうから再び誘惑してくるというのは、予想外の事態だっただけに、どう返答していいか、まったく思いつかない。

「夕べは、わたしが全部しちゃったでしょう？　だけど、それだけじゃあ淳也くんのためにならないもの。だから、今度はキミに愛撫とかしてもらいたい、と思ったんだけど……ダメかしらぁ？」

　こちらの困惑に気付いたらしく、敬子が言葉を続けた。

　確かに、夕べは完全に彼女にお任せ状態で、淳也はフェラチオとパイズリ、そして騎乗位セックスの気持ちよさに、ひたすら浸っているだけだった。実のところ、彼女の爆乳を手で触ってもいなかったのである。

　だが、セックスというものは男性も女性を愛撫し、感じさせてあげるべきものだ。今のままではバランスを欠いている、というのは淳也自身も納得がいく話ではある。

（ま、また敬子さんとエッチできる。しかも、今度は僕が愛撫とかを……）

　そう考えただけで、興奮が一気に湧き上がってきてしまう。

「ねぇ、どうかしらぁ？　って、もう聞くまでもなさそうね？」

　敬子が、こちらの股間を見てからかうように言った。

　実際、淳也の一物はセックスを意識した途端、ズボンの上からも分かるくらい体積を増していた。

「えっと……本当に、いいんですか？」

「もちろんよ。ふふっ。この格好のまま、エッチしましょう？」

淳也の問いに、未亡人が妖しい笑みを浮かべて応じる。

彼女の返事を受けて、淳也の中でたちまち理性の壁が音を立てて崩壊した。

もちろん、もしも真緒が早く帰って来たときに声を聞かれてしまうリスクは、多少なりとも気になった。

しかし、淳也は夕べ初めて生の女体を、そしてセックスの心地よさを知ったばかりである。そんな人間が、改めての行為の誘いを断ることなどできるはずがない。

「じゃ、じゃあ、さっそく……」

と、淳也は彼女を抱きしめた。

敬子は、「あんっ」と声を漏らしたものの、そのままこちらに身体を預けてくる。

こうして、大きなバストの存在を感じるだけで、欲望が腹の底から沸々《ふつふつ》と湧き上がってくるのを抑えられない。

その本能の赴くままに、淳也は未亡人に顔を近づけて唇を重ねていた。

2

「んんっ、そうっ。あんっ、最初は力を入れすぎないでぇ。んはあっ、それくらいっ、あふうっ、いいわぁ」

背後から乳房を揉《も》みしだくと、手の動きに合わせて敬子がアドバイスを口にしつつ、聞いているほうがとろけてしまいそうな甘い声をあげる。

今、淳也はコスプレ衣装の上半身を引き下ろし、ブラジャーをたくし上げて未亡人の豊かなふくらみを愛撫していた。

（これが、生オッパイの手触り……すごく柔らかくて、でも弾力があって……）

敬子の指示に従って手を動かしながら、淳也は今さらのように感動を覚えずにはいられなかった。

分身などでは感じていたものだが、手で揉んだのは初めてである。それだけに、手の平からこぼれ出るほど大きなバストを揉みしだくことに、激しい興奮を抑えられなかった。

何しろ、指に力を入れるとズブッと沈み込んでお椀型《わんがた》のふくらみが自在に形を変え、力を抜くと押し返してきて元に戻るのだ。

その感触がなんとも面白く、また不思議な気がしてならず、いくら揉んでも揉み飽きないのだ。

それに、手の動きに合わせて敬子が抑え気味に喘ぐ声が耳に心地よくて、このまま揉み続けたい、という気がしている。

(だけど、このままでいいのかな？　いつ、力を強くすればいいんだろう？)

そんな思いが湧いてきたとき、未亡人が口を開いた。

「そろそろ、力を入れても平気よぉ。女性がもどかしそうになってきたら、少しくらい強くしても大丈夫だからぁ」

まるで、こちらの心を読んだかのようなアドバイスを受けた淳也は、「は、はい」と応じて指の力を強めた。

すると当然、指の沈み込み方と、力を弱めたときの反発力も変化する。

「あんっ、そうっ。んんっ、その調子ぃ。んはっ、あんっ……」

と、敬子が声を抑えながら艶《なま》めかしく喘ぐ。

(ああ……強く揉むと、オッパイのグニグニ感がますます感じられて、なんかすごくいいなぁ)

手を動かしながら、淳也はそんなことを思っていた。

何より、この衣装の女性に愛撫していると、成長したアニメのヒロインと本当にしているような錯覚が起きて、普通の服とは異なる興奮が湧いてくる。

そのため、淳也はよりいっそう手に力を込めていた。

「んはあっ、あんっ、それぇ、んんっ……」

大声を出さないようにしながらも、敬子の声の艶《つや》がさらに増していく。

そのとき、淳也は手の平に当たる硬いモノの存在にようやく気付いた。

（んっ？　あっ、これって乳首か。そういえば、女の人って乳首も感じやすいはずだな）

そう思いついて、好奇心を抑えきれずに突起を摘《つ》まんでみる。

すると、それまで声を抑えていた敬子が「ひゃんっ」と甲高《かんだか》い声をあげ、慌てて口をつぐんだ。

想像していた以上の反応に驚いて、淳也は反射的にそこから手を離していた。

（僕、もしかしてなんかマズイことをしちゃったかな？）

そんな不安に駆られていると、未亡人がこちらに目を向けた。

「もう。いきなり乳首を弄《いじ》るから、ビックリして大声を出しちゃったじゃないのぉ」

「す、すみません……」

「ああ、勘違いしないで。怒っているわけじゃないの。だけど、実はわたし、乳首が弱いのよ。だから、急に弄られると声が我慢できなくて。ホテルとかなら別に構わないけど、アパートでしているんだから、もう少し気を使って欲しいわね」

淳也の反応に対して、彼女が優しく諭《さと》すように言った。

実際、敬子の言葉はもっともだろう。存分に声が出せる環境ならともかく、ここであまり大声を出すと、近隣の家まで聞こえてしまうかもしれない。それは、お互いにとって困る。であれば、弄る前にちゃんと一声をかけるべきだったのだ。

「すみません、気をつけます」

「分かればいいのよ。で、せっかくだから、乳首をもっと弄ってちょうだぁい」

そう求められて、淳也は再び彼女の突起を摘まんだ。

今度は、敬子もあらかじめ自分の手で口を塞《ふさ》いでいたので、「んんっ」とくぐもった声を漏らし、身体を強張《こわば》らせたものの大声は出さない。

淳也は、ダイヤルを回す要領で乳頭をクリクリと弄ってみた。

「んんーっ！　んむっ、んっ！　んぐっ、んむぅぅ……！」

未亡人が声を殺しながら、おとがいを反らして身体を震わせる。

相当に感じているらしいことは、彼女の表情や態度から伝わってきた。

（これが、弱点を責めるってことなのか。敬子さん、すごくいやらしい）

そう思いながら、さらに乳首を弄り続けていると、

「んんんっ！　んはあっ、淳也くんっ、んくうっ、そろそろ下もっ、あんっ、お願ぁ

い。んあっ……」

と、口から手を離して敬子が訴える。

その言葉の意味は、淳也にも充分に理解できた。

（お、オマ×コを……）

淳也は緊張しながら、彼女の下半身に片手を下ろした。そして、フリル付きのスカートをたくし上げて下着を露わにし、中心部に指を這わせる。

それだけで、未亡人が「んんっ」と声を漏らし、身体をビクッと震わせた。

「わっ。濡れて……」

指からの感触に、淳也は思わず驚きの声をあげていた。

下着越しだが、割れ目の存在感ははっきり感じる。そして、そこを中心にシミが広がっていることも、指からしっかりと伝わってきた。

「乳首を弄られていたから、こんなになっちゃったのよぉ。でも、まだよ。オマ×コ、指で弄って。もっと濡らしてぇ」

敬子が、艶めかしい声でそんなことを言う。

それを受けて、淳也は「は、はい」と緊張しながら応じ、筋に沿って指を動かし始めた。同時に、もう片方の手で胸を揉みしだく。

「んんっ！　んむっ、んっ、んぐっ！　んむうっ！　んんんっ……！」

自分の手で口を押さえながら、未亡人がおとがいを反らして喘ぐ。

（ああ、オマ×コとオッパイを一緒に触って……なんだか、夢みたいだなぁ）

淳也の中には、ついついそんな思いが込み上げてきていた。

何しろ、一昨日まで異性と縁がなかったのに、昨日は彼女を相手に童貞を卒業した上、今はその巨乳と秘部を同時に弄って感触を堪能している。そのことが、こうしていても未だに信じられず、どこか現実感が乏しく思えてならない。

「んはっ、淳也くんっ、ふあっ、指っ、あんっ、直接ぅ。んはっ、オマ×コ、あうっ、じかに触ってぇ。んんんっ……！」

いったん口から手を離し、敬子がそう訴えてきた。

なるほど、既にショーツのシミはいっそう広がり、秘部にベッタリと張りついている。ここまで濡れると、薄い布越しの愛撫では不満になるのだろう。

そこで淳也は、言われたとおり下着をかき分け、指を濡れそぼった秘裂に直接這わせた。

それだけで、敬子が「んんんっ！」とくぐもった声をこぼし、身体をヒクつかせる。

布一枚の差だが、じかに触れたことで蜜で濡れた秘部のプックリした感触や熱が、っきりと感じられる。

そのことが、牡《おす》の興奮をいっそう煽ってやまない。

淳也は、射精してしまいそうな昂《たかぶ》りを抱きながら、指を動かし始めた。

「んんんっ！　んっ、あっ、そうっ、んくうっ！　はううっ、割れ目のっ、あんっ、内側もぉ……んんんんっ！　んむうっ……！」

彼女の喘ぎながらのアドバイスを受け、淳也はそれに従って秘裂の内側に指を沈み込ませた。そして、媚肉《びにく》をほぐすように指を動かす。

「んむううっ！　んんっ、んああっ、んむっ、んぐううっ……んんっ、んふっ、はんっ、んんっ……！」

時折、やや甲高い声をこぼしながら、敬子が抑え気味の喘ぎ声をこぼす。

そうして感じている姿が、実にエロティシズムを漂《ただよ》わせている気がしてならない。

「んんんっ！　も、もう我慢できないっ。あんっ、淳也くぅん。キミのオチ×チン、早くちょうだぁい」

と、遂に未亡人が切なそうに訴えてきた。

それを受け、淳也は愛撫の手を止めた。そして、「は、はい……」と緊張しながら応じて、いったん手を離す。

「じゃあ、ちょっとどいてぇ。仰向けになるからぁ」

そう言われて、こちらが横に移動すると、彼女はすぐ布団に横たわった。

「ねぇ、パンツを脱がせてちょうだぁい」

甘い声で求められて、淳也は生唾を飲みながらショーツに手をかけた。

触れていた部分とはいえ、やはり下着を脱がしてそこを露わにするというのは、違った緊張感が生じる。

それでも、敬子が腰を浮かせてくれたので思い切って引き下げると、そのまま一気に脚からショーツを抜き取ってしまう。

すると、彼女が自ら脚をM字に広げた。

「ごくっ。お、オマ×コ……」

下着を横に置いた淳也は、息を呑んでその部分に目を奪われていた。

昨日、一応は目にしていた部位だが、この角度から見たのは初めてである。それだけに、陰毛や濡れた割れ目がなんとも生々しく、同時に妖艶に思えてならない。

「ほら、淳也くぅん。ここに、オチ×チンを早く挿《い》れてぇ」

と、未亡人が秘裂を指で広げ、艶めかしい目でこちらを見ながら誘う。

おかげで、淳也は半ば本能的に服とズボン、さらにパンツも脱ぎ捨てて全裸になると、誘蛾灯に誘われた虫のように彼女の脚の間に入り込んだ。そして、勃起を握って角度を合わせ、秘裂に先端をあてがう。

しかし、そうして先端部から心地よさがもたらされると、さすがに緊張感が込み上げてくる。いくら童貞でなくなっているといっても、自分から挿入するのは初めてなので、これぱかりは仕方のないことだろう。

「ああ……早く、早くぅ」

敬子が、なんとももどかしそうに訴える。

その言葉に誘われて、淳也は「はい」と応じると、思い切って分身を秘裂に押し込んでいた。

すると、膣肉をかき分ける感触と共に、ペニスがズブリと入り込んでいく。

中の感触は昨晩も味わっているが、自ら挿入すると新たな感動が心に湧き上がってくる。

そうして先に進んでいくと、間もなく腰がぶつかって動きが止まった。

目を向けてみると、自分の股間と未亡人の股間が一分の隙もなく繋《つな》がっているのが見えた。

「ふふっ。自分で挿れた気分は、どう？」

敬子が、からかうように聞いてくる
「は、はい……なんか、その、すごく……」

感想を口にしようとしたものの、淳也は言葉に詰まっていた。

既に一度経験している相手なのだが、されるがままだったのと、こちらから挿入したのではまったく気持ちが異なる。同時に、膣の感触すらも違うように思えた。そのせいで、思いが上手く言葉にならない。

「じゃあ、わたしの腰を持ち上げて、腰を動かしてちょうだぁい。あっ、腰を引くことは考えなくていいわ。ただ、突くことだけを意識してね」

未亡人のアドバイスを受け、淳也は言われたとおりに彼女の腰を持ち上げた。

(本当に、引かなくて大丈夫なのかな？　まぁ、今は敬子さんの言葉に従おう)

そう考えながら、抽送を開始する。

「んっ、あっ、そうっ。あんっ、その調子っ。んはっ、んんっ……！」

声を抑えながら、敬子が喘ぐ。どうやら、感じてくれているらしい。

しかし、突くことだけを意識していても、我ながらピストン運動がぎこちないのが分かった。

「んくっ、慣れてくるまでっ、あんっ、そのままっ、んんっ、続けてぇ。あんっ、んふうっ……」

こちらの不安に気付いたらしく、彼女がそんなアドバイスを口にする。

そのため、開き直って抽送を続けていると、なるほど確かに少しずつコツが摑《つか》めてきた。

だが、そうすると今度は自然に動きが速くなってきてしまう。

「あっ、あんっ、んんんっ！　んっ、ふあっ、はあっ……！」

敬子がこぼす声も、ピストン運動のリズムに合わせて荒《あら》くなってくる。

（あっ、ヤバイ。なんか、もう出そう）

淳也は、腰に込み上げてくるものを感じて、焦《あせ》りを抱いていた。

やけに早いと思ったが、考えてみると一度も射精せずに挿入して抽送しているのだから、我慢が利かないのも当然かもしれない。

しかし、敬子はまだ達しそうにない。

（このまま、僕だけ先にイッちゃうのも、なんか悔しいな）

そう考えた淳也は、いったん動きを止めて彼女の腰を降ろした。

「えっ？　淳也くん？」

と、疑問の声をあげる未亡人を無視し、上体を倒してその豊満な胸の頂点の突起にしゃぶりつく。

「ちゅば、ちゅば、レロ、レロ……」

そうして乳首を舌で弄りながら、小刻みなピストン運動を再開する。

「ひゃうっ！　んんっ、こっ、こらっ、ああっ、それっ、んんっ、いいっ！　んくうっ、感じっ……んんんっ！　んむっ、んくううっ……！」

一瞬、大声をあげた敬子が、自分の口をかろうじて手で塞ぎながら、なんとか声を抑え込んだ。しかし、結合部の潤滑油《じゅんかつゆ》の量がいっそう増したところから、彼女が充分な快感を得ていることが伝わってくる。

やはり、感じやすいところを愛撫しながら抽送するのは、なかなか効果的なようだ。それに加えて、弱点を責めると膣道の蠢《うごめ》きが増して分身に甘美な刺激がもたらされる。

「敬子さんっ。僕、もう……」

「んんっ、わたしもっ、あんっ、もうイクッ。一緒っ、ああっ、またっ、はうっ、中にちょうだいっ。あんっ、一緒にイキましょうっ。んんっ、んむうっ……！」

口を手で押さえながら、未亡人も切羽詰まった声で応じる。

とはいえ、こちらは既にカウントダウンが始まり、いつ発射してもおかしくない状況である。

淳也は、本能のまま射精に向けて腰の動きを速めた。

「んっ、んっ、んっ、んあっ、イクッ！　んんんんんんんんんっ!!」

口を押さえた敬子が、遂にのけ反って絶頂の声をあげる。

同時に淳也も限界を迎えて、「ううっ」と呻くなり彼女の中に大量のスペルマを注ぎ込んだ。

3

三泊があっという間に過ぎ、とうとう愛奈が修学旅行から帰ってくる日になった。

「淳也くん、泊まる場所はやっぱり見つからなかったの？」

「はい。週末は、友達に泊めてもらえそうなんですが、これから二日くらいは、どうしたもんかと……」

朝食の最中、心配そうに敬子から訊かれた淳也は、肩をすくめて応じた。

「わたしも残念だけど、さすがに愛奈が帰ってくるのに、このままウチに泊めてあげるわけにもいかないから……ごめんなさいね」

「そんな……僕こそ、泊めてもらっただけじゃなくて、その、いい思いをいっぱいさせてもらって……」

そこで二人は沈黙し、ダイニングになんとも言えない微妙な空気が流れる。

まったくもって、この三泊は夢のような毎日だった。

夕べも、「これが最後だから」ということで、淳也は未亡人と濃密な時間を過ごしたのである。

ただ、快楽に耽《ふけ》っている間は忘れていても、いざ行くところがない現実に直面すると、途方に暮れるしかないのも事実だった。

今日は、授業が三時間目からなので、パートのある敬子が出かけるより前に布団や荷物を出しておかなくてはならない。だが、それらをどこに置けばいいかも、まったく決まっていないのだ。

最悪の場合、布団は自室の押し入れに戻せばいいが、寝泊まりする場所はなんとか見つける必要がある。もちろん、ホテルに泊まるお金はないので、このままでは野宿をする羽目になってしまう。

（かと言って、敬子さんにこれ以上は頼れないし、あまり心配させるわけにも……）

淳也がそんなことを思っていると、ピンポーンと玄関のドアチャイムが鳴り、

「おはようございます。羽鳥ですけど」

と、外から二〇二号室の羽鳥真緒の声がした。

敬子が「はーい」と応じ、立ち上がって玄関のドアを開けると、そこにはスーツ姿の美人ＯＬが立っていた。

タイトスカートのスーツとハイヒールで決めたその姿は、見るからに「できる女」という印象で、やはり安アパートの住人とは思えない。どちらかと言えば、セキュリティーがしっかりしたマンションに住んでいそうなイメージである。

「おはようございます、羽鳥さん。どうかしましたか？」

敬子が怪訝《けげん》そうに訊くと、真緒が淳也のほうに目を向けた。

「淳也、やっぱりまだいたわね。ちょうどよかった。あなた、今日から泊まる場所は？」

「えっ？　あ、いや、まだ……」

「だったら、しばらくウチに泊めてあげる。あたし、予定より早く仕事の修羅場が終わって、当分は早めに帰れることになったから」

「へっ？　いいんですか？」

予想もしていなかった提案に、淳也は驚きの声をあげていた。

先日の反応から、彼女は自分の部屋に男を泊めることに消極的だ、という印象を受けていたのである。それなのに、自らこのようなことを言い出すとは。

「構わないわよ。ただし、部屋がちょっと片付いていないから、帰って来たら掃除を手伝ってもらうことが条件になるけど」

と、美人ＯＬは表情をまったく変えずに言葉を続ける。

異性を泊めるということに、羞恥心や緊張感がないのだろうか？　あるいは、そういう気持ちを完全に押し殺しているだけなのだろうか？

「はぁ。まぁ、それくらいなら……じゃあ、お願いします」

淳也は、まだ困惑を拭いきれない状態ながらも、そう応じていた。

どのみち、行き先がなくて途方に暮れていたのだから、真緒の申し出はまさに渡りに船と言える。こちらとしては、拒む理由などない。

「決まりね。あっ、そろそろ出社しないといけないから、すぐに布団とか荷物をあたしの部屋に運んで。帰ってきてからじゃ、愛奈ちゃんの邪魔になるでしょう？」

と言われて、淳也は「は、はい」と慌てて立ち上がった。

そして、急いで布団を畳んで持ち上げると、外に運び出して階段を上がり、二〇二号室へと向かう。

だが、部屋に入った途端、淳也は呆然と立ち尽くしていた。

何しろ、玄関からダイニングにかけて、空き缶や空のペットボトル、その他のゴミなどが散乱していたのである。一応、まだかろうじて足の踏み場はあるものの、クッションフロアの床の七割以上が見えていない。このままでは、遠からず完全な「汚部屋」になるであろうことは、容易に想像がつく。

（これは、『ちょっと』片付いていない」ってレベルじゃないよなぁ）

淳也も、それほど家事が得意なわけではなかった。しかし、少なくとも部屋をここまで酷《ひど》い状態にしたことはなかった。

服装だけを見ると、真緒はすべてにおいて完璧な「できる女」のようだった。が、どうやら彼女はいわゆる「片付けられない女」で、生活能力の面では淳也にも劣るポンコツらしい。

とはいえ、今さら「やっぱり泊まるのをやめる」と言うわけにもいかず、淳也はひとまず真緒に指示された六畳間に布団と荷物を運び込んだ。

彼女は、どうやらその部屋を寝室として使っているらしく、一枚だけなら布団を敷くスペースは空いていた。しかし、その周囲に洗濯して取り込んだまま放り出したとおぼしき下着やブラウスなどが、無造作に畳に置かれているのを見ると、さすがに困惑は拭えない。

「今日、あたしの帰宅は十九時頃になると思うけど、淳也の帰りは？」

真緒が、自室の惨状を気にする様子もなく訊いてくる。

「あっ。えっと、僕もだいたいそれくらいだと思います」

「そう。なるべく早く帰れるようにするから、もしもあたしがいなかったら、ちょっと待っていて。今の時季なら、外にいても平気でしょ？」

その彼女の言葉に「はい」と応じながら、淳也は別のことを考えていた。

（はぁ。バイトから帰って来たら、まずはこの部屋の大掃除か……）

4

「ふう。とりあえずは、こんなもんでしょう」

夜、掃除を終えた淳也は、汗を拭いながら室内を見回した。

夕食後、淳也はほぼ汚部屋状態だった真緒の部屋を、二時間近くかけてほとんど一人で清掃したのである。

もちろん、まだ完璧とは言えないが、ひとまずダイニングのクッションフロアの床はしっかり見えるようになった。ペットボトルや缶も分別してゴミ袋に入れたので、あとはゴミの日に出せば問題あるまい。

下着類も、恋人でもない女性のものに触るのは抵抗はあったものの、種類ごとにまとめて畳んだ。そうして整理しただけでも、ついさっきまでとは見違えるくらい室内が広く感じられる。

「助かったわ。ずっと忙しくて、掃除をする暇がなかったのよ」

私服姿の真緒が、言い訳めいたことを口にする。

（いや、これはそういう問題じゃないでしょう）

とは思ったが、さすがに口にするのははばかられるので、心の中にとどめておく。

美人ＯＬの清掃能力のなさは、一緒に片付けをしていても痛感させられた。

淳也も、最初は彼女に掃除を手伝ってもらおうとしたが、かえって邪魔になるため、結局は大半の作業を一人でしたのだった。

正直、アルバイトで疲れていたので掃除は面倒だったが、さすがに放置できるレベルを超えていたのだから、これぱかりは仕方があるまい。

まったくもって、私生活がこれほどズボラだと仕事もどんなものか、という気はした。ところが、真緒は勤め先の中堅広告代理店で、とても前途を嘱望《しょくぼう》されているらしい。最近まで帰りが午前様の連続だったのも、規模が大きめのイベントの責任者に抜《ばっ》擢《てき》されて、多忙だったからだそうだ。

もしかしたら、彼女の脳内は仕事が占めるリソースが非常に大きく、プライベート空間に気を使う必要性を感じていないのかもしれない。

(それにしても、僕の前なのに真緒さんはなんて格好をしているんだ)

淳也が片付けている間に着替えた真緒は、上に黒いレース地のキャミソール、下は太股が半分以上見える丈《たけ》のワインレッドのキュロットスカートという服装をしていた。

しかも、キャミソールの肩紐は細く、肩から胸元が丸見えである。敬子ほどのサイズではないが、胸にそれなりのボリュームがあるため、胸元が露出《ろしゅつ》しているとかなり煽情的に思えてならない。

おまけに、見た感じではどうやらブラジャーもしていない様子である。

加えて、キャミソールの丈《たけ》が短めなので、動くたびにチラチラとヘソ周りが見えて、目のやり場に困ってしまう。

(いくら私生活がズボラでも、男の前であの格好は度が過ぎるんじゃないか?)

そんな思いを、淳也は抱かずにはいられなかった。

もっとも、コーポ安藤にはエアコンがないので、暑いときに思い切り薄着になりたくなる気持ちも分かるのだが。

　エアコンを取り付けて家賃を上げるか、エアコンなしで家賃を低く抑えるか、という二択で、家主の安藤治郎は後者を選んでいた。

　だが、Ｋ市は関東平野の内陸に位置しており、夏場の昼間は日本有数の暑さになる。今は、まだ六月なので夜の気温はどうにか扇風機で我慢できるレベルだが、梅雨で湿度が高いため薄着をするのも当然と言えるだろう。

　とはいえ、彼女の格好は蒸し暑さを差し引いても、あまりに男の情欲をそそるものに思えてならなかった。

　掃除に夢中になっているときは気にしていなかったが、落ち着くとどうにも胸の鼓動の高鳴りを抑えられない。

　ましてや、淳也は生の女体を初めて知ってから数日しか経っておらず、夕べも敬子と濃厚な一時を過ごしたのだ。そんな人間にとっては、セクシー美人ＯＬの露出度の高い服装はいささか刺激が強すぎる。

（いったい、彼女は何を考えているのだろうか？）

「あの、僕の布団はどこに敷けばいいですか？」

　なんとか平静を装《よそお》いながら淳也が訊くと、

「そうね。あたしの隣でいいんじゃない？」

と、巨乳の美人ＯＬが平然と応じる。

「は？　あの、それっていったいどういう……？」

「もう。男と女が、相部屋暮らしをするのよ。しかも、あたしはこんな格好をしているんだから、やることとなんて決まっているじゃないの」

真緒の、「当然のことを、いちいち訊くな」と言わんばかりの言い方に対して、淳也は「ええっ!?」と驚きの声をあげていた。

もちろん、彼女が何を求めているのかは、すぐに分かった。だが、どうしていきなりこんなことを言い出したのか、その点はまったく理解不能である。

「なぁに？　淳也は、篠塚さん……敬子さんみたいな熟女《じゅくじょ》がいいわけ？　熟女専って言うんなら、あたしじゃ物足りないかもしれないけど」

こちらが躊躇しているのを察したらしく、美人ＯＬがそう言葉を続ける。

ただ、その彼女のセリフに、淳也は心臓が喉から飛び出しそうな驚きを禁じ得なかった。

「へっ？　な、なんで敬子さんとのことを？」

「実は昨日、予定より早く仕事が終わったから、ちょっと早めに帰って来たのよ。そうしたら、一〇二号室から敬子さんの喘ぎ声が微かに聞こえてきてさ。耳をそばだててみたら淳也の声も聞こえたし、そりゃあ何をしているかなんて、火を見るより明らかじゃない？」

と、真緒がこちらの疑問にあっけらかんと答える。

どうやら、美人ＯＬは敬子と淳也の関係を知った上で、自室に誘ったらしい。今朝、宿泊を持ちかけてきた時点で、もうセックスをするつもりだったのだろう。

「あの……どうして、僕と？」

淳也は、そう問いかけていた。

実は、彼女が自分に思いを寄せていた、ということはさすがにないだろう。しかし、そうであればこそ好きでもない男に関係を求める思考が、まったく理解できない。

「ああ、そうね。実はあたし、ここへ引っ越してくる前に付き合っていた人がいてさ。結婚を考えるくらい、本気で愛していたのよ。それで、彼がどうしても事業を興したいって言うから、借金の連帯保証人になってあげたんだけど、お金を手に入れた途端に蒸発されちゃって、あたしに残ったのは多額の借金だけ。だから、そのとき住んでいたマンションを売って、家賃が安いここに引っ越してきたわけよ。まぁ、借金はもう返したけどね。ただ、そんな経験があったから、まだ恋人を作る気にはならないんだけど、身体の疼《うず》きは感じるのよね。ましてや、敬子さんのあんな声を聞いちゃったら……分かるでしょう？」

そう言って、真緒が濡れた目を向けてきた。

既に発情状態にあることは、その目を見れば明らかである。

どうやら、彼女は最愛の相手に裏切られたため、まだ恋愛をしたいとは思っていないものの、肉体的な欲求不満は抱いていたらしい。とはいえ、男ならば誰でもいい、とまでは割り切れていなかったようだ。

そんなときに、敬子との関係を偶然知ったため、これ幸いと淳也に狙いを定めたようである。確かに、恋愛関係にない同じアパートの顔見知りで、しかも他の住人と肉体関係を持っている人間ならば、ドライな付き合いにはもってこいかもしれない。

「それで、どうする？　って、さっきからあたしのことを見ては、目をそらしたりしているんだから、訊くまでもないとは思うけど」

からかうように、美人ＯＬが言った。

ここまでの話でだいたいの予想はついていたが、彼女が煽情的な格好をしていたのは単なる暑さ対策ではなく、淳也をその気にさせるつもりだったからのようである。

「あ、あの……じゃあ、お願いします」

淳也は、ためらいながらもそう応じていた。

敬子との関係だけでも、夏海に後ろめたさを抱いているのに、真緒とまでセックスをしたらもっと罪悪感が強まってしまう、という懸念はもちろんある。

しかし、いくら思い人がいるとはいえ、セックスの快楽を知って間もない青年に、この魅惑的な誘いを拒めるはずがあるまい。

もちろん、好みではない女性から誘われたらさすがに考えてしまうだろう。だが、真緒もなかなかのグラマラス美女なのだ。そんな相手からの甘い誘惑を、今の淳也が拒否することなど不可能と言ってよかった。

5

「レロ、レロ……ジュルル……ピチャ、ピチャ……」

「ううっ。真緒さん、それ、いいですっ」

音を立てつつ、巨乳ＯＬが肉棒を舐め回す。その舌使いでもたらされる快感に、淳也は思わず呻くような声をあげていた。

今、淳也は上はシャツを着たまま、下半身だけ露わにして布団の上に立っていた。

その足下には、服を着たままの真緒が跪《ひざまず》いて、肉棒を丹念に舐め回している。

ひとしきりペニスを舐めると、彼女はいったん舌を離した。それから、口を大きく開けて亀頭を口に含む。

「んんっ。んんんんん……」

彼女は声を漏らしながら、肉棒を深々と咥え込んだ。そして、根元まで到達すると、ゆっくりとストロークを開始する。

「んっ……んむっ……んっ、んっ、んぐ、んぐ……」

美人ＯＬは、顔を動かしつつも肉棒に舌を這わせてきた。すると裏筋が刺激されて、いっそうの性電気が発生する。

(くうっ。敬子さんのフェラとは、なんか違う感じがするけど、真緒さんの口もすごく気持ちいい！)

淳也は、分身からもたらされる心地よさに浸りながら、そんなことを思っていた。

同じ「フェラチオ」という行為だが、階下の未亡人の場合はこちらの快感をじっくりと引き出すような感じだった。

それに対し、真緒の行為は強制的に快感が作り出されているような印象である。もっとも、どちらも気持ちいいのは間違いないので、優劣をつけることなどできないが。

それにしても、昨晩も敬子にタップリ射精したおかげで、今はどうにか我慢できているが、一日でも間隔が空いていたらこの心地よさに耐えきれず、あっさり暴発していたかもしれない。

「んんっ……ぷはあっ。淳也のオチ×ポ、大きいから咥えるのも一苦労。だけど、これは敬子さんが気に入るのも分かるわねぇ」

一物から口を離して、真緒が陰茎を見つめながら、そんなことを言う。

(ああ、やっぱり僕のチ×ポって大きいほうなんだなぁ)

二人の女性から分身を褒められると、気恥ずかしさもあるが嬉しくもあり、男としての自信を持てる気がした。

「じゃあ、今度は……レロ、レロ……」

と、真緒が竿を舐めながら、陰嚢を手で弄《いら》いだす。

「ふおっ！　そっ、それっ……くううっ！」

思いがけない攻撃に、淳也はおとがいを反らして声をあげていた。

陰嚢自体は、敬子にも舐められているが、手で弄られたことはなかった。こうして、袋の中にある二つの玉を擦るように動かされると、竿からの刺激も相まってなんとも言いようのない不思議な快感が生じる。

「レロ、レロ……これ、意外と気持ちいいでしょう？　ジュル、ピチャ……」

と、真緒はさらに陰嚢を弄り回しつつ、裏筋を舐め上げだした。

そうして、射精を促すように舌の位置を上に移動させていく。

先端部に到達すると、彼女は縦割れの唇に舌先をねじ込むようにして、先走り汁を舐め取り始めた。

「レロ、レロ……ンロロ……」

「ふああっ！　そんなっ、はううっ」

敏感な部分を弄り回されて、淳也はおとがいを反らして身体を震わせていた。

どうにか声を抑えたものの、あまりにも気持ちよくて、油断すると階下まで響く大声が出そうになる。

すると、彼女は再び「あーん」と口を大きく開け、肉棒を根元まで咥え込んだ。そして、すぐにストロークを始める。

「んっ、んっ、んむっ、んじゅっ、じゅぶる……」

音を立ててペニスをしゃぶる美人ＯＬの動きには、躊躇はまったく感じられなかった。敬子に勝るとも劣らないくらい積極的、と言ってもいいだろう。

（ああ、すごくよくて……うわっ、お、オッパイが……）

ふと視線を下げたとき、淳也は眼下の光景に気がついて思わず目を丸くしていた。肉棒を咥えているので顔が邪魔になっているものの、彼女が動くたびにキャミソールの胸元から、ふくらみの先端の突起がチラチラと見えていたのである。

案の定、彼女はブラジャーをしていなかった。このことからも、巨乳の美人ＯＬが最初から淳也を誘惑するつもりだったのは明らかだろう。

また、ストロークでバストが見え隠れする様子は、裸で丸見えになっているのとは違ったエロティシズムが醸し出されている気がしてならなかった。

(これも、いわゆる「チラリズム」ってやつなのかな？)

淳也がそんなことを思っていると、真緒がまた肉茎を口から出した。

「ぷはっ。先走りが、トロトロ溢れ出して……もうすぐ、イキそうなのね？　ふふっ、いいわよぉ。好きなときにイッてぇ。レロ、レロ……」

妖しい笑みを浮かべながら言って、彼女はさらに舌で亀頭を刺激し続ける。

(真緒さんって、普段はすごくクールそうなのに、まさかこんなにエッチな一面があったなんて)

まったく予想外のことだけに、そう思うと興奮が煽られて射精感が一気に増す。

「ううっ。真緒さんっ。僕、本当にもうっ！」

淳也が訴えると、美人ＯＬは亀頭を集中的に舐め回しだした。さらに、手で竿をシコシコとしごきだす。

「ああっ、そんなっ！　か、顔に出ちゃ……くううっ！」

言葉の途中で限界を迎えて、淳也はそのまま彼女の顔面にスペルマを発射していた。

「ひゃんっ！　すごっ！」

真緒は、驚きの声をあげつつ目を閉じ、白濁のシャワーを顔に浴び続けた。そのため、顔から垂れ落ちた白濁液がキャミソールに大きなシミを作る。

「ふはあああ……すごぉい。濃いのが、こんなにいっぱい出るなんて、ちょっと信じられないわぁ」

長い射精が終わると、目を開けた巨乳ＯＬがそんな言葉を口にした。

「あ、あの、すみません。服にかかっちゃって……」

自分のせいではないものの、女性の服を精液で汚してしまったことに罪悪感を抱いて、淳也は彼女に頭を下げていた。

「んっ？　ああ、大丈夫よ。洗濯すれば落ちるし、実はこれってそんなに高くないから、捨てても別に惜しいものじゃないの」

と、真緒があっけらかんと応じる。

どうやら、こうなることを前提にして衣装を選んでいたらしい。

それから彼女は、自分の顔に付着したスペルマを手で拭って舐めだした。

「レロ……んっ。やっぱり、とっても濃いミルクぅ。元彼のは、こんなに濃くなかったわ」

と、美人ＯＬが少し寂《さび》しそうに言う。

（もしかして、裏切った男のことを、まだ完全には吹っ切れていないのかな？）

そんなことを淳也が考えている間に、彼女は顔の精をあらかた処理し終えた。

「さて、と。それじゃあ、今度は淳也がしてくれる？」

そう言って、真緒が白濁液が付着したキャミソールを脱いだ。すると、豊満な乳房が露わになる。

既に分かっていたことだが、彼女のバストの大きさは敬子に及んでいない。しかし、充分に「巨乳」と呼んでいいサイズはある。

淳也が見とれていると、真緒は布団に身体を横たえた。

「さあ、いらっしゃい、淳也ぁ」

その態度からは、自分より年上の女性でセックスの経験をしている年下男性のお手並み拝見、という余裕が見て取れる。

そう悟ると、こちらも対抗心にも似た思いが湧いてきてしまう。

そこで、淳也は彼女にまたがって、まずは乳房を優しく鷲掴みにした。

すると、美人ＯＬが「んあっ」と甘い声を漏らし、腕を頭の上に伸ばす。

そんな様子を見ながら、淳也は指に少し力を入れてふくらみを揉みだした。

「んっ、あっ、んんっ……あんっ、いいっ。んあっ……」

手の動きに合わせて、美人ＯＬが小さな喘ぎ声をこぼす。

(多少は感じても、さすがにこれくらいは余裕ってところかな？　だったら……)

彼女の反応を見て、淳也は手の力をさらに強めた。

「んんっ！　あっ、んっ、それぇ。あんっ、ふあっ……」

真緒の声が、やや大きくなった。だが、敬子と比べると反応がイマイチ薄く感じられる。

(今の僕の愛撫じゃ、まだ物足りないのかな？　それなら、これで)

と、淳也は刺激で屹立《きつりつ》しだした乳首にしゃぶりついた。そして、突起に舌を這わせつつ、もう片方の乳頭を摘まんで弄りだす。

「ふあっ。あんっ、乳首ぃ。あっ、んはっ、ああっ……」

手を頭の上に伸ばしたまま、巨乳ＯＬが喘ぎながら身体を震わせた。さすがに、それなりの快感は得ているらしい。

　しかし、未亡人ならこの刺激で一気に乱れてしまうはずだが、彼女にはまだ余裕がありそうだ。

（あれれ？　不感症……じゃないんだろうけど、真緒さんの感じるポイントが敬子さんとは違うのかな？）

　この予想は、おそらく間違っていまい。

　実際、敬子からも「わたしは乳首が弱いけど、どこが弱いかは人それぞれだからね」と釘を刺されていたのだ。美人ＯＬの弱点は、乳首以外の場所にあると考えるのが妥当だろう。

　もちろん、乳首は性感帯の一つなので、このまま責め続けたり、秘部への愛撫も並行して行なえば、セックスをするのに必要な程度には昻《たかま》ってくれるに違いあるまい。

とはいえ、どうせなら真緒にも目一杯気持ちよくなってもらいたい、という思いを淳也は抱いていた。

　そのためには、彼女が感じやすい弱点を探り当てる必要がある。

（だけど、「弱点」と言っても、そう簡単に……）

　乳首への愛撫を続けながらそんなことを思ったとき、淳也は今さらのように一つの事実に気付いた。

（真緒さん、僕が愛撫を始めてから、ずっと腕を上げたままだな？）

そのため、綺麗に手入れされた腋の下が見えっぱなしなのである。

もしかしたら、別におかしいことではないのかもしれないが、どうにも気になって仕方がない。

（……試してみるか？）

そう考えて、淳也は乳首から口を離した。そして、腋に顔を近づけて凹《へこ》みに舌を這わせてみる。

途端に、真緒が「ひゃうんっ！」と素っ頓狂な声をあげ、身体をビクンッと跳ねさせた。

それから彼女は、慌てた様子で口をつぐみ、視線をこちらに向けてきた。

「ちょっ……今の、ビックリしちゃったじゃないのっ」

と、それまで余裕すら感じさせた美人ＯＬが、動揺を隠せない様子で言う。

ただ、その反応が「驚き」というものだけではないことが、淳也にはよく分かっていた。

（やっぱり、真緒さんの弱点は腋の下だったんだな）

と悟った淳也は、構わずにそこを本格的に舐めだした。

「ひゃうっ！ だからっ、あんっ、そこっ、きゃふっ、やめっ……ひうっ、おっ、大きな声っ、あんっ、出ちゃっ……んんんんっ！」

真緒が抗議の声をあげようとしたものの、耐えきれなかったらしく手で自分の口を塞ぐ。そうしないと、隣室や下の部屋に聞こえるような大声が出てしまう、と判断したのだろう。

特に、階下の一〇二号室には敬子と愛奈の母子がいる。そして、この寝室の真下は愛奈の部屋である。つまり、あまり大きな声を出すと、愛らしい中学三年生の少女に聞かれてしまう可能性が高いのだ。

もっとも、その危険性を頭では理解していても、せっかく突きとめた美人ＯＬの弱点への責めをやめられるほど、淳也は冷静さを保てていなかった。

（真緒さんが、ちゃんと自分の手で口を塞いでいるんだから、このまま続けても大丈夫だろう）

そんなことを考えて、淳也はさらに彼女の腋の下を舐め続けた。

「レロ、レロ……」

「んんっ！ ダメって……んぐっ、んんっ、こっ、こんなっ……んむうっ！ お風呂っ、ふあっ、入ってないっ、やんっ、初めてっ、んんっ、んんんっ……！」

感じすぎているのか、足をややバタつかせながら、美人ＯＬが口を塞いだまま喘ぎつつ、やや支離滅裂な困惑の声を漏らす。

どうやら、今までここを責められたことがなかったため、自分でも性感帯と気付いていなかったらしい。愛撫されるときに腕を上げていたのは、ただ単に弱点を本能的に晒《さら》していただけだったようである。

おそらく、過去に彼女と関係を持った男は、そのポーズの意味を理解できず、腋の下を責めることに考えが及ばなかったのだろう。

もっとも、こちらも敬子との経験がなかったら、まず気付かなかったはずだ。その意味でも、未亡人との経験は役に立ったと言える。

また、確かに入浴前の腋からは汗の匂いがやや強くしているものの、興奮状態の今はそれすら牡の本能を昂《たかぶ》らせるものに思えてならなかった。

ひとしきり腋の下を舐めてから、淳也は胸から手を離して真緒の下半身に異動させた。そして、キュロットスカートの中に手を入れ、下着の上から秘部に触れる。

すると、真緒が口を塞いだまま「んんーっ！」と声をあげ、おとがいを反らした。

（おおっ。オマ×コ、もうかなり濡れているぞ）

指で蜜の感触を確認して、淳也はそんなことを思っていた。

下着越しでも、既に愛液が指に絡みつくほど溢れてきているのは確認できる。弱点を責められたため、彼女の肉体が一気に準備を整えたらしい。

それでも淳也は、腋の下をさらに舐めながら、今度は筋に沿ってショーツの上から秘部を弄った。

「んんんん！　んっ、んむううううっ！　んんんっ……！」

真緒が身体をのけ反らせながら、手で口を塞いだままくぐもった喘ぎ声をこぼす。

その反応を見て、淳也は下着をかき分け、秘裂に指を沈み込ませた。そして、すぐに敏感な肉芽を探り当てると、腋を舐めたまま指先でそこを弄りだす。

「んんんっ！　むううっ！　んんんっ、んむうっ！　んぐううううっ！」

美人ＯＬは、全身をヒクつかせながら、くぐもった喘ぎ声をこぼし続けた。弱点の腋の下と肉豆を同時に責められているため、快感をいなせずにいるのだろう。

「んんんんんっ！　もっ、もうっ、イクッ！　んむうううううううぅぅぅぅ!!」

とうとう、真緒が絶頂の声をあげて身体を強張らせた。

それと共に、一気に蜜が溢れ出してきたのが、指からの感触で分かる。

間もなく、彼女の全身から力が抜けていった。

「んはあああ……はぁ、はぁ……イッちゃったぁ……腋の下で、あんなに感じちゃうなんてぇ……」

荒い息を吐きながら、巨乳の美人ＯＬがそんなことを口にする。

今の言葉からは、絶頂の余韻に浸りながらも、思いがけない自分の弱点に困惑している様子が、ありありと伝わってくる。

淳也は身体を起こし、四肢をだらしなく伸ばしたままの彼女の下半身に目を向けた。

すると案の定、既にキュロットスカートの股間部分に、お漏らしをしたような大きなシミができている。

キュロットがこの状態であれば、その内側のショーツ、ひいては秘部がどのようになっているかは明らかだ。

そんな真緒の姿に、淳也は挿入への欲求を抑えられなくなっていた。

6

淳也がキュロットスカートに手をかけると、真緒も腰を浮かせてくれた。

絶頂の余韻に浸りながらも、こういうサポートをさりげなくしてくれるところは、さすがに経験者と言うべきか。

そんなことを思いながら、淳也はキュロットスカートを一気に引きずり下ろし、黒いレースのショーツを露わにした。

分かっていたことだが、下着の股間部分には大きなシミが広がっていて、皮膚にピッタリ張りついて秘部の形が浮き出ている。

その生々しくも妖艶な光景に、淳也は思わず目を奪われていた。

しかし、童貞の頃なら次の行動を起こす余裕もなかっただろうが、回数は少ないとはいえ敬子との経験のおかげで、今は次に何をするべきかすぐに考えが浮かぶ。

淳也は、胸の高鳴りを覚えながらショーツに手をかけ、これも引き下ろして足から抜き取った。

そうして、彼女の下半身も露わにして全裸にすると、敬子との違いがよく分かった。

顔立ちや胸の大きさ、そして陰毛の生え方が違うのはもちろんだが、真緒のウエストは引き締まっていて細めで、とてもグラマラスな体型をしている。

これが、出産経験の有無による差なのか、あるいは単なる個人差なのか、淳也には判断がつかなかった。しかし、自分により年齢が近い美人ＯＬの肉体からは、成熟した女性の色気が感じられる。

彼女の身体を見ると、未亡人の肉体は「成熟」より「完熟」と呼ぶべきだ、という気がした。もちろん、どちらも魅力的なので甲乙はつけがたいのだが。

そんな興奮に任せて、淳也が脚の間に入ろうとしたとき。

「あんっ、ちょっと待ってぇ。このままされたら、声を我慢できないわぁ。それに、あたしは後ろからされるほうが好きなのぉ。だから、ねっ？」

と、真緒が切なそうに訴えてきた。

彼女が望んでいることは、今の言葉で容易に想像がつく。

淳也が動きを止めると、美人ＯＬは自ら身体を反転させた。そして、四つん這いになって尻をこちらに突き出すような体勢を取る。

「これで、お願ぁい。あたしのことぉ、おっきなオチ×ポで思い切り突いてぇ」

ヒップを振りながら、真緒が艶めかしく訴えてくる。

その妖艶さに目を奪われつつ、淳也は「は、はい」と応じて、片手で彼女の腰を摑んだ。それから、もう片方の手で分身を握って、先端を彼女の秘裂に合わせる。

濡れそぼった割れ目に先っぽが当たっただけで、美人ＯＬが「ふあんっ」と甘い声をこぼす。

淳也は、若干の緊張感を覚えながら、陰茎を押し込んだ。

「あっ！　んんんんっ！」

一瞬、甲高い声をあげた真緒は、布団に突っ伏してシーツを噛み、その後の声を堪《こら》える。

淳也はさらに奥へと進んでいき、とうとう彼女のヒップに下半身が当たって、動きが止まった。

「んんっ……ふあっ。入ってるぅ。淳也のおっきなオチ×ポ、全部、中にぃ」

シーツから口を離して、美人ＯＬが陶酔した声でそんなことを言う。

（くうっ。これが真緒さんの中……敬子さんの中よりも、なんだかチ×ポに吸いついてくる感じが強い気がするぞ）

淳也は、彼女の膣の感触に驚きを隠せずにいた。

未亡人の膣肉が、肉棒に絡みついてくるようなのに対し、真緒の中はペニスにピッタリと張りついてくる感じがする。

もちろん、優劣などつけようがないのだが、感触の違いがなんとも新鮮に思えてならない。

「んはあ……淳也、動いてぇ。早く、あたしを気持ちよくしてぇ」

と訴えて、美人ＯＬが再びシーツを噛む。

「あ、はい。分かりました。それじゃあ」

我に返った淳也は、そう応じて彼女の腰を掴んだ。そして、まずは確認するようなゆっくりとした抽送を始める。

「んんっ！　んぐっ！　んっ、んむうっ！　んんっ、んぐうっ……！」

たちまち、真緒がくぐもった声をあげだした。シーツを噛んでいなかったら、相当に大きな喘ぎ声をこぼしていたかもしれない。

（随分と敏感だな？）

と、いささか驚いたが、考えてみれば挿入前に弱点を責めて絶頂に導いているのだ。肉体が敏感になっているのは、当然かもしれない。

（それに、締めつけがかなり強い。やっぱり、声を出さないように我慢しているせいかな？）

腰を動かしながら、淳也はそんなことを考えていた。

吸いつくような感じはもちろんだが、しっかりと締めつけてくる膣内の感触がペニスに得も言われぬ心地よさをもたらしてくれる。おそらく、声を我慢していることで自然と身体に力が入り、それが膣の締まりに繋がっているのだろう。

そうして昂ってくると、我知らず腰の動きが荒々しくなってくる。

「んっ、んっ、んんっ！　んむっ、んんっ、んっ、んぐうっ……！」

真緒がシーツを噛んだまま、ピストン運動に合わせて喘ぎ声をこぼす。

そんな姿を見ていると、もっと彼女を感じさせて膣肉の具合をさらに変化させたい、という欲求が抑えられなくなってしまう。

そこで淳也は、腰から手を離すと、布団で潰れている美人ＯＬのバストを両手で鷲掴みにした。そして、ふくらみを揉みしだきながら抽送を続ける。

「んぐうーっ！　ふあっ、それっ、あんっ、かっ、感じすぎてっ……ふあんっ、んんんっ！」

一時的に声をあげた真緒だったが、言葉の途中で慌てたようにまたシーツを噛んだ。そうしないと、大声で喘いでしまいそうなのだろう。

胸への愛撫でも、前戯のとき以上に感じているように見えるのは、やはり弱点を責めたことで全身が敏感になったからなのだろうか？

ただ、そんな彼女の態度が、牡の本能を刺激してやまない。

淳也は、もはや何も考えられなくなり、欲望のままに乳房を揉みしだきながら腰を振り続けた。

「んんーっ！　んっ、んっ、んむうっ！　ふあっ、淳也っ、あんっ、あたしっ、もうっ！　んくうっ、このままっ、はうっ、中に出してっ！　んぐうっ、んんっ……！」

少しして、シーツからいったん口を離した美人ＯＬが、そう訴えてきた。

どうやら、自らの限界と同時に、ペニスの状態から淳也の限界が迫っていることもしっかり察したらしい。

（中出しして、本当にいいのかな？）

という思いはあったが、相手が望んでいるのに怖《お》じ気《け》づいて抜くのも、いささか失礼な気がする。

（ええいっ。真緒さんも経験者なんだし、自分でなんとかするだろう）

そう開き直った淳也は、彼女の乳首を摘まみながら腰の動きを速めた。

「んんっ！　んぐっ、んむっ、んっ、んっ、んっ……！」

真緒のくぐもった喘ぎ声を聞きながら、素早い抽送を続けていると、射精感が一気に込み上げてくる。

「んっ、んんんっ！　イクッ！　んむううううううぅぅぅぅぅ!!」

声をあげた巨乳ＯＬは、シーツに口を押し当てて絶頂の声を抑え込みながら、身体を強張らせた。

すると、膣肉が妖しく蠢き、その刺激が淳也に限界をもたらす。

「ううっ。出る！」

と呻くように言うと、淳也は彼女の中に出来たてのスペルマをタップリと注ぎ込んでいた。

7

「んっ。んぐ、んぐ……」

（ううーん。チ×ポが、なんか気持ちよくて……）

淳也は、下半身からもたらされる心地よさと、それに合わせるように聞こえてくるくぐもった声で、夢の世界から急速に呼び覚まされた。

顔に当たる風が涼しいのは、真緒が部屋で使っている冷風扇のおかげだろう。しかし、対して下のほうは生温かなものに包まれている。

（この感じは……そうだ、フェラチオされているときの……って、フェラ!?）

慌てて目を開けて下半身のほうを見ると、案の定、布団を並べて寝ていたはずの美人ＯＬが、素っ裸になってペニスを咥え込んでいた。

「ま、真緒さん!?」

「ぷはっ。おはよう、淳也。やっと起きたわね？」

勃起した陰茎を口から出して、彼女が笑みを浮かべながら言う。

壁の掛け時計に目をやると、まだ朝の七時前である。

「あ、あの、こんな時間から、いきなりなんで……？」

「だってぇ。夕べの快感がまだ身体に残っていて、キミの朝勃《あさだ》ちオチ×ポを見ていたら、一回しておかないと会社でオナニーしちゃいそうなくらい昂っちゃったのよぉ。もう。あたしがこんなふうになったの、初めてなんだからぁ。ちゃんと責任を取ってよねぇ」

淳也の問いに、真緒が甘えるように答える。

（それは、僕のせいなのかな？）

という気はしたが、ここでそんなことを言うのは、さすがに野暮というものだろう。

「じゃあ、そのまま続けてもらえますか？　僕も、こうなっちゃったら今さら我慢するのは無理なんで」

ひとまず割り切って、淳也はそう口にしていた。

寝ている間に、いったいどれくらいの時間フェラチオされていたかは分からないが、既に勃起は先走り汁がにじみ出るくらい、しっかりといきり立っていた。この状態で中断されたら、こちらがおかしくなってしまうかもしれない。

となると、行為を続けてもらうのがベストの選択と言える。

「ふふっ、いいわよぉ。レロ、レロ……」

と、真緒が妖しい笑みを浮かべながら、改めて亀頭に舌を這わせてきた。

すると、先端から甘美な性電気が生じて、脊髄を伝って脳に流れこんでくる。

「くうっ。それっ、いいですっ」

「レロロ……でしょう？　じゃあ、今度はこっちを。ンロ、ンロ……」

そう言って、巨乳ＯＬは裏筋を舐めだした。

「はううっ！　そこもっ、ううっ、気持ちいいですっ」

敏感な筋への刺激に、淳也は声を我慢しきれずにそう口にしていた。この部分への責めは、敬子にされたときも我慢できなかったものである。真緒の舌使いでも、それはまったく変わることがない。

「ピチャ、ピチャ……チロロ……んふっ。あーん」

彼女は、いったん舌を離すと、こちらに見せつけるように口を大きく開け、ゆっくりとペニスを口に含んだ。

「んんんっ。んっ。んむ、んむ、んぐ……」

陰茎を根元まで咥え込んで、真緒がすぐに声を漏らしながらストロークを始める。

「くううっ。それっ。あうっ！」

再びもたらされた心地よさに、淳也はおとがいを反らして呻くような喘ぎ声をこぼしていた。

目が覚める前に充分な刺激を受けていたせいか、ペニスからの快感がやけに強く感じられる。何より、美味《おい》しそうに肉棒を咥えて奉仕している美人ＯＬの表情が、こちらの興奮を煽ってやまない。

「ううっ。もう、出そうですっ」

込み上げてきた昂りを抑えきれず、淳也はそう口走っていた。

「ぷはっ。いいわよぉ。朝一番のミルク、あたしにタップリ飲ませてぇ。あむっ。んっ、んっ、んむっ……」

いったん口を離して応じると、真緒はまた肉茎を咥え込んで、今度は小刻みなストロークを始めた。

その射精を促す刺激が、こちらの我慢の限界を一気に突き崩す。

「ふあっ。そ、それっ、もうっ、出るっ。くううっ！」

そう口走るなり、淳也は彼女の口内にスペルマを解き放った。

「んぐううう っ！」

浅い位置でペニスを咥えたまま、美人ＯＬが呻き声をあげつつ精を受け止めた。ただ、さすがに勢いに驚いているらしく、目を白黒させている。

そうして、長い射精が終わると、真緒はやや名残惜《なごりお》しそうに肉棒を口から出した。

「んっ……んぐ、んぐ……」

巨乳の美人ＯＬは身体を起こすと、すぐに喉を鳴らしながら精を飲みだす。

敬子のときにも感じたことだが、精飲する女性の姿は、それだけでなんともエロティックに思えてならない。

「ぷはあっ。夕べ、あれだけ出したのに、すごく濃い一番搾《しぼ》りミルクがいっぱぁい。若さ？　それとも、淳也が元気すぎるだけかしらぁ？」

口内の精を処理し終えた真緒が、からかうように言う。

とはいえ、さすがにこの指摘に対する返答など、淳也には思いつかなかった。

「はぁ、オマ×コ疼《うず》いてぇ……けど、あたしの準備がもうちょっとかしらね？」

陶酔した表情で、美人ＯＬが言葉を続ける。

「じゃあ、今度は僕がしましょうか？」

「そうね。あっ、腋の下はダメだからねっ」

こちらの提案に、真緒がそう釘を刺してくる。

やはり、弱点を責められてメロメロにされるのは、クール系を装っている年上のプライドが許さないのだろう。

淳也が身体を起こすと、彼女が入れ替わって仰向けに横たわる。

(やっぱり、真緒さんの裸は綺麗だなぁ)

改めて美人ＯＬの裸体を見て、淳也はそんなことを思っていた。

大きなバスト、細いウエスト、ふくよかな腰のライン。明るくなった部屋で見ると、その魅力は夜よりもいっそう引き立って見える。

これほど抜群のスタイルと美貌の持ち主と、こうして淫《みだ》らな行為に及んでいるというのが、未だに信じられない。

とはいえ、ずっと見とれているわけにもいかないので、淳也はまず彼女の乳首に吸いついた。そして、うっすら汗をかいた胸にも手を這わせて揉みしだきだす。

「チュバ、チュバ……」

「あんっ、いきなりオッパイッ。けどっ、んはっ、それぇ……」

愛撫に合わせて、真緒がすぐに小声で喘ぎだす。

だが、これはフェイントに過ぎない。

淳也は、彼女の隙を見て突起から口を離すなり、腋の下に舌を這わせた。

「ひゃうっ！　こっ、こらっ！　ダメって言って……んんっ！　あんっ、おっ、大きい声っ、んくうっ、出ちゃ……んんんっ！」

巨乳ＯＬが抗議の声をあげようとしたが、予想外の大声が出てしまったからか、慌てた様子で自分の口を手で押さえる。

何しろ、この下には愛奈がいるのだ。学校があるので、この時間だとそろそろ起床する頃だろうから、あまり大きな声を出すと本当に聞かれてしまうかもしれない。

さすがにそれはマズイ、と真緒も考えているようだ。

しかし、こういう女性の反応を見ると、どうにも悪戯《いたずら》心が湧いてきてしまう。

「レロロ……チロ、チロ……」

「んんっ！　んあっ、はうっ！　んくっ、んんんっ……！」

懸命に声を殺しながら、美人ＯＬが顔を左右に振る。それだけでも、彼女がかなりの快感を得ていることが伝わってくる。

ひとしきり腋の下を舐めてから、淳也は乳房から手を離して下半身に移動させ、秘部に触れてみた。すると、そこからは既に大量の蜜が溢れ出しており、指に温かな液体が絡みついてくる。

それを確認して、淳也は腋の下から顔を離した。

「ふはあぁぁ……もう、腋はダメって言ったじゃないのよぉ」

「時間があんまりないから、早く挿れられるようにしたかったんです。もう、大丈夫ですよね？」

真緒の弱々しい抗議に、淳也はそう応じていた。

もっとも、これは半分本音だが、実は寝ている間にいいようにペニスを弄り回されたお返し、という意図《いと》もあったのである。しかし、それはひとまず心の内にしまっておく。

「んはあ……そうねぇ。じゃあ、またバックでお願ぁい」

美人ＯＬは、こちらの言葉をすんなり信じたらしく、そう言ってうつ伏せになって腰を持ち上げた。

淳也は彼女の腰を摑んで、一物をあてがった。そして、分身を押し込んでいく。

「んんんんっ！」

枕カバーを嚙んで、真緒が懸命に声を堪える。

そうして、奥に到達したものの、淳也はあえてすぐに腰を動かそうとしなかった。

「んあ？　どうしたのよぉ？」

と、巨乳ＯＬが怪訝《けげん》そうな顔をこちらに向ける。

その瞬間、淳也は彼女の身体を持ち上げた。そして、「えっ？」と驚きの声をあげる真緒を脚の上に乗せるようにして、背面座位の体勢になる。

「ふあっ。ちょっ……淳也、降ろしてよ。この体勢じゃ、声を抑えられない」

「頑張って我慢してください。あっ、僕が動くと下に音が響いちゃうかもしれないんで、真緒さんが自分で動いてもらえますか？　早くしないと、時間がなくなっちゃいますよ？」

淳也が、しれっと応じると、彼女は諦めたように「はぁ」とため息をついた。

「もう……淳也って、意外と強引で大胆だったのね？　会社から帰って来たら、覚えていなさいよっ」

真緒が、小声でそんなことを口にする。

実のところ、淳也自身も自分がここまで大胆になれる、とは思っていなかった。正直、調子に乗りすぎている自覚もある。

しかし、目の前に据え膳があるのに、セックスを知って間もない牡が性欲を抑え込むことなどできるはずがあるまい。

それに、彼女の出社時間が刻一刻と迫っており、駆け引きをしている余裕がないのは、紛れもない事実である。

間もなく、美人ＯＬが諦めたように腰を小さく上下に動かし始めた。

「んっ、あっ、んっ、はっ、んんっ……！」

声を漏らしながら、真緒が自ら抽送を続ける。

だが、大声を出さないように、かつ下に音が響かないように気を使っているせいか、その動きは控えめだった。もちろん、吸いつくような膣肉の感触は心地いいのだが、ジッとしている男性の側にはいささか物足りなさは否めない。

(僕が動けたらいいんだけど、今は真緒さんに任せるしか……あっ、そうだ！)

一つの手を思いついた淳也は、彼女の前に手を回して両乳房を鷲摑みにした。

「ふやんっ！　ちょっと、淳也？」

驚きの声をあげて動きを止めた真緒が、こちらに目を向けてくる。

「このままじゃ、お互いに物足りないでしょう？　手伝ってあげるんで、真緒さんももっと頑張ってください」

そう言って、淳也はふくらみを揉みしだきながら、身体を少しかがめて腋に舌を這わせた。さすがに、腋の凹《へこ》みを舐めることはできないが、そこに近いところにはなんとか舌が届く。

「はうっ！　そっ、そこっ、やあんっ。こらぁ。んはっ、ああんっ」

既に、肉体が敏感になっているからか、胸と弱点に近い部分を責められて真緒が艶めかしい声をあげる。

そうして、彼女は諦めたように腰の動きを再開し始めた。

（うわっ。吸いついてくる感じのオマ×コの中に、うねりと締めつけが……）

予想以上の膣肉の変化に、淳也は内心で驚きを隠せずにいた。

ただでさえ、肉棒に吸いつく感触が気持ちいいのに、そこにうねりと締めつけが加わったのである。そうしてペニスからもたらされる性電気は、想像よりも遥かに大きかった。先に一発出していなかったら、たちまち暴発していただろう。

「あんっ、んんっ、んくうっ！　んんっ、はっ、ああっ、オッパイッ、あんっ、腋っ、はあっ、オマ×コもぉ……はあっ、身体中っ、あんっ、気持ちよくてっ、んはっ、おかしくっ、ああっ、なりそうっ」

腰を振りながら、真緒がそんなことを口にする。

もっとも、それは淳也も同じ気持ちだった。

ペニスからの快感はもちろんだが、両手から広がる彼女の巨乳の感触や腋から漂ってくる牝《めす》の匂いが感覚を著《いちじる》しく刺激し、興奮を煽ってやまないのである。もしも、ラブホテルのような場所で同じことをしていたら、我慢しきれず荒々しく腰を突き上げていただろう。

「はあっ、あんっ、淳也っ、んはっ、あたしっ、あんっ、イクッ！　くうっ、もうっ、イッちゃいそうっ。んはあっ、ああっ……」

少しして、汗だくになった巨乳の美人ＯＬがとうとう限界を訴えてきた。

「僕はもうちょっとかかりそうだから、先にイッていいですよ」

「あんっ、イヤぁ。んはっ、一緒ぉ。ああっ、一緒がいいのぉ。あっ、あんっ……」

淳也が腋から口を離して言うと、同時絶頂を求めた真緒は腰の動きを小刻みなものに切り替えた。

（くうっ。中がますますうねって、チ×ポに刺激が……）

「あんっ、オチ×ポッ、ふあっ、中でっ、はうっ、ビクビクしたぁ。ああっ、淳也もっ、あふっ、そろそろっ、ああっ、イキそうなんでしょ？　あんっ、あんっ……」

ペニスの脈動を感じ取ったらしく、美人ＯＬがこちらの心を読んだように指摘する。

実際、小刻みな動きで刺激されたことで、淳也の射精感は予想以上に早まっていた。

「くっ。真緒さん、そろそろ……」

「ああっ、このままっ。あんっ、またっ、んはっ、中にタップリ注いでぇ。ああっ、もうっ、あたしっ、んはあっ、イクのぉっ。んんんんんんんんんんんん!!」

と、巨乳ＯＬが口を閉じて身体を震わせながら、動きを止める。

絶頂の声を張りあげなかったのは、わずかに残った理性の賜物《たまもの》だろうか？

しかし、そのせいか膣肉が激しく収縮し、ペニスに得も言われぬ甘美な刺激がもたらされる。

そこで限界に達した淳也は、「くうっ」と呻くなり、彼女の中にスペルマを注ぎ込んでいた。

第三章　女子大生大家の恥じらい

1

六月下旬の日曜日、二週間の教育実習を終えた夏海が、とうとう帰ってきた。

この間、淳也は事前の約束もあって友人の家に二日だけ泊まりに行ったものの、あとはずっと真緒の部屋に入り浸っていた。荷物や布団を置いていたこともあるが、正直、友人のところに泊まってもまったく物足りなかったのである。

真緒のほうも、ダイヤル式のキーボックスを用意し、そこに部屋の鍵を入れて暗証番号を教えてくれた。おかげで、淳也は彼女の帰りが遅めの日も、自由に出入りができた。

そうして相部屋暮らしをしていれば、もちろんやることは決まっている。

後半は二人が揃《そろ》うと、すぐに「それじゃあ」と求め合うのが当たり前のようになっていたほどだ。

とはいえ、そんなただれた生活も終わりを告げて、今日からは再びメゾネットで夏海と暮らすことになる。

夕方過ぎ、早めにアルバイトを終えてアパートに戻った淳也は、メゾネットに明かりが灯《とも》っているのを確認してから、ドア横のインターホンの呼び出しボタンを押した。

『はい。あ、榎本さん。すぐに開けますね』

インターホンからそんな夏海の声がして、間もなくドアが開けられた。

「おかえりなさい、榎本さん」

顔を出した夏海が、満面の笑みで口を開く。

「た、ただいま、安藤さん。えっと、教育実習、お疲れさまでした」

二週間ぶりに見た彼女の姿に、淳也は胸が高鳴るのを抑えられなかった。

そう大した期間ではなかったはずだが、憧れの女性の顔をやけに久しぶりに見た気がしてならない。

また、こちらの気のせいかもしれないが、教育実習を終えて帰ってきた夏海は少し大人びたようにも思える。

だが、同時に淳也は、罪悪感で心臓が締めつけられるような辛さを感じていた。

「どうかしましたか、榎本さん？」

こちらの態度があからさまにおかしかったからか、夏海が怪訝そうに言って首を傾《かし》げる。

「い、いえ、その……ああ、そうだ。布団とか、すぐに真緒さんの部屋から運んでくるんで。多分、まだ帰って来てないと思いますけど、真緒さんがキーボックスを用意してくれたから、出入りは自由なんです」

そう言って、淳也は逃げるように二〇二号室に向かった。

別に、夏海とは恋人でもなんでもなく、単に大家代行と店子という間柄である。しかし、こちらは大学に入る前から彼女のことを密かに思ってきたのだ。

ところが、夏海に思いを伝えるより前に、敬子と真緒とねんごろな関係になり、しかも美人ＯＬとはここ何日も毎晩セックスしていた。

おまけに、行為の最中は憧れの相手の顔を思い出すより、目の前の女体にひたすら溺れていたのである。

もちろん、冷静になると罪悪感が湧いて、「こんなことではいけない」と反省した。

だが、据え膳があるとついつい欲望に負けてしまった。

もっとも、セックスの心地よさを知って間もないのに、関係を持った美女と相部屋暮らしをしていて我慢できる男など、そうそういるはずもないだろうが。

ただ、実際に思い人と顔を合わせると、想像していた以上に後ろめたさが湧き上がってくるのを抑えられなかった。

とはいえ、自室が直るまでこのまま真緒の部屋に居座り続けるわけにもいかないので、今は移動するしかあるまい。

そんなことを思いながら、淳也は布団と荷物をメゾネットの二階にある客間に運び入れたのだった。

それから、一階のダイニングキッチンに行くと、夏海がエプロンを着《つ》けてキッチンに向かって夕食の支度をしていた。

「あっ。安藤さんも疲れているのに、ありがとうございます」

「いいんですよ。わたし、お料理をするのが好きなので。もう少しかかるから、テレビでも見ながら待っていてくださいね」

淳也にそう応じて、夏海が手を動かし続ける。

言われたとおりに待っていると、程なくして晩ご飯が出来上がった。

そして、食卓で彼女と向かい合って夕食を食べ始める。

（こうして食事をしていると、なんだか新婚カップルになったような気がするなぁ）

そんな思いが湧いてくる一方で、淳也はなんとも言いようのない後ろめたさに苛《さいな》まれていた。

とはいえ、敬子と真緒との関係について、正直に打ち明ける気にはならなかった。

恋人関係ならともかく、今の夏海と自分の間柄では、そんな話をしても単なるセクハラにしかなるまい。

「ところで、わたしがいない間、どうでしたか？　榎本さんが、羽鳥さんのお部屋に泊まっていたのには、ちょっと驚きましたけど。わたしが教育実習に行く前は渋っていたのに、いったいどういう心境の変化があったんですか？」

彼女が急に質問してきたため、物思いに耽っていた淳也はようやく我に返った。

「へっ？　あっ……は、はい。敬子さんのところを、愛奈ちゃんが帰ってきた時点で出なきゃいけなかったんで、危うく野宿する羽目になりかけたんですけど、真緒さんが予定より早く修羅場が終わったからって、泊めてくれたんです。おかげで、助かりました。もっとも、真緒さんは掃除が苦手なんで……」

「ああ、なるほど。お掃除係をすることになったんですね？」

「ええ、まぁ……そんな感じです」

実のところ、敬子とよろしくやっているのを真緒に知られたことが、相部屋暮らしのキッカケだったのだが、こんなことを正直に言えるはずがない。

「……そういえば、榎本さん？　篠塚さんと羽鳥さんのことを、名前で呼ぶようになったんですね？」

不意に夏海が箸《はし》を止め、ジト目でそんな指摘をしてきた。

そこで淳也は、ようやく彼女の前でも二人のことを名で呼び続けていたことに気付いた。いつの間にか、すっかり習慣になっていたため、呼び方を元に戻すのを忘れていたのである。

「あ、はい。ええと……その、数日とはいえ相部屋暮らしをしていたもんで、いつまでも姓で呼んでいるのも変じゃないか、みたいな感じになって、なんとなく……」

冷や汗をかきながら、なんとか我ながら苦しい言い訳を試みる。

「むー。その理屈だと、わたしのことも名前で呼ぶべきじゃ……？」

予想外の言葉に、淳也は「へっ？」と素っ頓狂な声をあげていた。まさか、彼女のほうからこのようなことを言い出すとは。

「あ、あの、いいんですか？」

淳也が恐る恐る訊くと、今度は夏海が「えっ？」と間の抜けた声をあげて、困惑の表情を浮かべた。おそらく、自分が何を口走ったかに、今さら気付いたのだろう。

「あっ、その、えっと……まぁ、別に名前で呼ばれるくらい……じゃ、じゃあ、わたしもこれから、榎本さんのことを『淳也くん』って呼ばせてもらいますから。それで、いいですよね？」

「あ、はい。分かりました。えっと……夏海さん」

淳也が戸惑いながら言うと、彼女は頬を赤らめて視線をそらした。

「ああ、自分で言ったことなのに、すごく恥ずかしい。けど、慣れなきゃ……」

そう独りごちてから、夏海がまたこちらを見た。

「じゃあ、淳也くん？　これからは、丁寧語もなしね。一学年しか違わないんだし、同居生活をするのにいつまでも他人行儀なのも、なんか変でしょう？」

「えっと、分かりました。じゃなくて、分かったよ、夏海さん」

つい習慣で丁寧語が出てしまい、慌てて言い直すと、

「うん、よろしい。それじゃあ、改めてよろしくね、淳也くん」

と、夏海が笑顔で応じてくれる。

そんな彼女の表情を見ると、二人の距離がグンと縮まった気がした。

すると、これからの同居生活への期待感で、自然に胸が高鳴ってくる。

だが、同時に淳也は敬子や真緒との関係を伏せている罪悪感で、改めて心の痛みを感じずにはいられなかった。

（本当に、僕はこれからどうしたらいいんだろう？　いずれ、打ち明けるべきなのか？　それとも、ずっと黙って……）

2

朝、四十五リットルの可燃ゴミの袋を手に外に出るなり、むせ返るような蒸し暑い空気が淳也の全身を包んだ。

「暑い……」

そう声に出し、思わず顔をしかめる。

今日は、早朝から晴れて気温が上昇し、K市では午前七時の時点で三十度を突破していた。夕べは、二十五度以上の熱帯夜だったに違いあるまい。もっとも、メゾネットは客間にもエアコンがあるので、淳也は快適に寝ていられたのだが。

ただ、文明の利器の快適さを改めて実感すると、修理が終わってもエアコンがない自分の部屋になど戻りたくない、と思ってしまう。

「ま、そういうわけにもいかないんだろうけど」

と肩をすくめながら、淳也はゴミ袋を集積場所へと持っていった。

しばらく同居するのに、さすがにずっと上げ膳据え膳の立場に甘んじているのは、あまりにも心苦しい。

そう考えた淳也は、ゴミ捨てや掃除など簡単な手伝いを夏海に申し出た。彼女のほうも、こちらの意思を尊重して、手伝いを快く任せてくれたのである。

そうして集積場所に行くと、半袖シャツ姿の敬子とスーツ姿の真緒がいた。

二人の姿を見ると、本能的に彼女たちの肉体の感触が脳裏に甦ってきて、ついつい心臓が大きく飛び跳ねてしまう。

「あら、淳也？　おはよう」

「おはよう、淳也くん。ゴミ捨て、お疲れさま」

こちらに気付いた真緒と敬子が、にこやかに声をかけてくる。

「あっ、えっと……お、おはようございます。真緒さん、随分早いですけど、もう出社ですか？」

「ええ。今日は、早めに行かないといけない用があって。せっかく淳也と会えたのに、ゆっくり話す時間がなくて、残念だわぁ」

淳也がゴミを置きながら訊くと、美人ＯＬはそう答えながら身体をすり寄せてきた。

「ちょっ……真緒さん。敬子さんがいるのに」

と、慌てて彼女を引き剝《は》がそうとする。

「大丈夫よ。わたし、もう真緒さんから一通りの話は聞いたから」

敬子のあっけらかんとした言葉に、淳也は「ええっ？」と驚きの声をあげていた。

まさか、既に二人の間でそんな会話がなされていたとは、さすがに予想外の事態である。

すると、巨乳未亡人も身体をすり寄せてきた。

「まったく、わたしで童貞を卒業したと思ったら、すぐに真緒さんとまでしちゃうなんて、淳也くんって意外と悪い子だったのね？　もしかして、もう夏海さんにも手をだしちゃった？」

彼女からそう訊かれて、淳也はさすがに戸惑いを禁じ得なかった。

「なっ。そんなわけ……だいたい、話を聞いているんなら、真緒さんが最初からそれ目当てで誘ってきたことは……」

「あらぁ？　淳也だって、ノリノリだったじゃないのぉ？　あたしの弱点を見つけて、あんなに乱れさせたくせにぃ」

「そ、それは……」

美人ＯＬの言葉は概《おおむ》ね事実なので、このように言われると返す言葉が思いつかない。

「まぁ、わたしはキミが真緒さんとエッチしていても、特に気にしないわ。だけど、愛奈がいるからってわたしが我慢していたのに、すぐ上で二人がずっと愉《たの》しんでいたことは、さすがに少し腹立たしいのよねぇ」

と、敬子が頬をふくらませて言った。

「それは、その……なんとも、申し訳なく……」

「本当にそう思っているんだったら、そのうちまたわたしの相手をしてちょうだい。あんなに感じたの、わたしも初めてだったんだからぁ」

甘えるような未亡人の言葉に、淳也の心臓が大きく高鳴る。

年の功、と言うと敬子に怒られそうだが、こういう妖艶な誘い方は年長者ならでは、という気がしてならない。

「もうっ。淳也、あたしは帰りが遅くならなければ、いつでもいいから。したくなったら、遠慮なく声をかけてちょうだいねっ」

そう言って、真緒が手を強く握ってくる。

何度も身体を重ねた仲だが、こうして改めて手を握られると、さすがに胸の高鳴りを禁じ得ない。

ただ、二人の美女にここまで密着されていると、嬉しくはあるものの戸惑いも覚えずにはいられなかった。

「三人で、いったい何をしているんですかぁ？」

不意に、怒気を含んだ夏海の声がした。

淳也が慌てて目を向けると、案の定、そこにはなんとも不機嫌そうな表情の夏海が立っている。

「な、夏海さん!?　こ、これは、その……」

「朝ご飯ができたのに、淳也くんがなかなか戻ってこないから、様子を見に来たんですけど……皆さん、本当に仲良くなったんですねぇ」

と、彼女がジト目で睨みつけてくる。

「そりゃあ、何日も相部屋暮らしをしていたんだから、当然じゃない？」

真緒が、しれっとした顔で家主代行の言葉に応じる。

「ま、まぁ、仲良くなったのは結構ですけど！　ご近所の目もあるんですから、スキンシップはほどほどに。それと、淳也くん？　朝ご飯ができているから、早く来てくださいねっ」

苛立《いらだ》ちを隠そうともせずにそう言って、夏海はきびすを返してメゾネットに戻っていった。

「ああっ。そ、それじゃ、僕はこれでっ」

淳也も、敬子と真緒の手を振りほどき、慌てて夏海のあとを追う。

(ヤバイところを見られちゃったな。夏海さん、なんだか怒っていたし)

という焦りを感じつつ、淳也は彼女の棘《とげ》のある言葉に困惑せずにはいられなかった。

言葉遣いが、やや他人行儀な丁寧語だったのは、おそらく敬子と真緒がいたせいだろう。しかし、どうもそれ以外のニュアンスも含まれていた気がしてならなかった。

3

「はぁ～。本当に、どうしたらいいんだ？」

金曜日の夜、授業のあとのアルバイトを終えて帰路に就きながら、淳也はため息交じりにそう独りごちていた。

何しろ、あの月曜日から夏海と関係は進展するどころか、ずっとギクシャクしたままなのである。

もちろん、彼女は朝食や夕食の用意など、必要なことはちゃんとしてくれている。だが、食事中も会話はほとんどなく、少しあってもろくに続けられず、二人の間にはなんとも言えない微妙な空気が常に流れていた。

喧嘩中の夫婦の食卓というのは、こういう感じなのかもしれない。

そのあまりの居心地の悪さに耐えられず、淳也は今日まで授業とアルバイトを口実に、朝食のとき以外に夏海と顔を合わせるのを極力避けてきた。

彼女のほうも、夕食を先に済ませるなどこちらを避けているようなので、その意味では好都合だったが。

しかし、資材の調達が予定よりも遅れており、来週中の工事完了は無理だという報告を、業者から受けていた。つまり、同居生活は当初の見込みより長くなりそうなのである。

本来なら、夏海との同居が長引くのは喜ばしかったはずだ。だが、こんな状況では暗然たる気持ちに拍車をかけることにしかならない。

（だけど、残りの期間をずっとこのままで過ごすわけにもいかないよな）

せっかく、憧れの女性と一つ屋根の下で二人暮らしをしているのだから、名前呼びするようになったことだけでなく、できればもっと親密になりたい。

（でも、いったい夏海さんと何をどう話せばいいんだ？　この状態で「好きだ」なんて言っても、冷たい目で見られそうだし、敬子さんや真緒さんとエッチしたことを素直に話しても、思い切り軽蔑されるだけかもしれないし……）

思えば敬子と真緒と関係を持ったのも、向こうから迫られたことがキッカケで、こちらからアプローチをかけたわけではない。

そのため、自ら女性にアタックすることに、どうしても淳也は腰が引けてしまうのだった。

（夏海さんは、僕のことをどう思っているんだろう？　そりゃあ、家に泊めてくれるし、名前呼びを提案してきたんだから、嫌われていることはないとは思うけど……）

しかし、それが「好意」にとどまっているのか、「恋愛感情」まであるのかでは、まさに雲泥の差があると言っていい。

もし、夏海の気持ちが単なる好意だったとしたら、迂闊《うかつ》な打ち明け話は藪蛇《やぶへび》にならないだろうか。

そうして、思考が堂々巡《どうどうめぐ》りに陥《おちい》り、ぼんやりと町を歩いていると。

「あら、淳也じゃない？」

不意に、背後から真緒の声がした。

目を向けると、スーツ姿の美人ＯＬと私服姿の敬子が歩いてくるところだった。

買い物袋を持っていることや来た方向から察するに、未亡人が勤めているスーパーに会社帰りの真緒が寄ったため、一緒に帰って来たのだろう。

「月曜日以来ね。だけど、なんだかずいぶん久しぶりに顔を見た気がするわ」

と、真緒が口を開く。

「あ、はい。そうですね」

淳也は、気持ちが晴れないまままそう応じていた。

関係を持った美女たちと会ったというのに、今はまるで胸が高鳴らない。

「淳也くん、どうしたの？　なんだか、すごく深刻そうな顔をしているけど？」

今度は、敬子が心配そうに訊いてくる。

「えっと、それは……」

と、口にしかけたものの、淳也は逡巡《しゅんじゅん》して言葉を飲み込んだ。

（夏海さんとのことを、敬子さんと真緒さんに相談するなんて、さすがになぁ）

もちろん、二人は恋愛経験者なので、相談すれば的確なアドバイスをもらえるかもしれない。だが、肉体関係を持った相手に、他の女性とのことについて助言を求めるというのは、あまりにも情けない気がするし、礼儀に反する気もする。

「まぁ、淳也がそんな顔をしているのは、夏海ちゃんと上手くいってないってことなんでしょうけど。まだ、仲直りできてなかったんだ？」

真緒に図星を指されて、淳也の心臓が大きく飛び跳ねた。

まったくもって、心を読んだかのような正確な指摘だと言わざるを得ない。

「淳也くん？　真緒さんの言うとおりなら、わたしたちにも責任があるんだから、悩みがあるなら話してちょうだい」

と、敬子も穏やかな笑みを浮かべながら言う。

どうやら、人生経験で勝る相手を誤魔化すのは、無理だったようである。

そこで、淳也は自分の迷いについて二人に話すことにした。

「……ということなんですけど」

「はぁ、そんなことで悩んでいたの？　呆れた」

話を聞き終えるなり、美人ＯＬが軽蔑するような目をして言った。

「だけど、夏海さんに告白して、もし拒否されたら、これからどう接していけばいいか分からないし……」

「淳也くん？　確かに、夏海さんは責任感が強いから、キミを泊めたのは大家代行の責任もあったと思うわ。だけど、それでも普通は単なる責任感だけで、同世代の異性と一つ屋根の下で何日も過ごそうなんて思わないわよ」

「敬子さんの言うとおり。ましてや、お互いを名前で呼ぶことを提案するなんて、夏海ちゃんの性格からして好意以上の感情がなかったらしないって」

淳也の不安に対して、敬子と真緒が口々に応じた。

（やっぱり、そうか。イマイチ自信がなかったんだけど、そう考えるのが当たり前だったのか）

こうして、女性からきちんと指摘されると、今まで一寸先も見えない濃霧の中にいたような感覚だったところに、道標が示された気がする。

「夏海ちゃんって妙に真面目だし、そのぶん恋愛絡みのことには奥手だと思うのよ。ああいうタイプの子は、自分からアプローチをかけるのが苦手だから、男の子のほうから動いてあげなきゃ」

「そうね。きっと、夏海さんもどうしていいか分からなくなっているはずだから、ここは淳也くんがしっかりするべきね」

人生経験で勝る美人ＯＬと未亡人のそんな言葉が、ネガティブになっていた心に染み込んでくる。

「とはいえ、僕も自分から動くのは苦手なんですけど……」

なおも淳也が不安を口にすると、真緒が「はぁ～」と大きなため息とともに続けた。

「あのね、そんなことを言っていたら、本当にこのまま同居生活が終わっちゃうわよ。それが嫌だから、悩んでいたんじゃないの？　淳也の夏海ちゃんへの気持ちは、それで諦めがつく程度のものだったわけ？」

「そ、それは……そんなことないです」

「だったら、淳也くんがやるべきことは一つだけでしょう？　大丈夫、自信を持ちなさい。今のキミなら、きっと上手くやれるわ」

敬子も、口元に笑みを浮かべながら励ましてくれる。

肉体関係を持った二人からこのように言われては、さすがにこれ以上は躊躇していられない、という気持ちになってくる。

「分かりました。僕、いきます。ありがとうございました、敬子さん、真緒さん」

意を決した淳也は彼女たちに一礼すると、コーポ安藤に向かって走りだすのだった。

4

「……と言った割に、やっぱり夏海さんと面と向かうとダメだぁ」

二十一時過ぎ、風呂から上がった淳也は、自室に割り当てられた客間で頭を抱えて悶えていた。

一度は、アタックすることを決意したものの、メゾネットに戻っていざ夏海と顔を合わせた途端、高揚した気持ちがたちまちしぼんで、何も言えなくなってしまったのである。

結局、夕飯時はもちろん先に入浴するまでの間、告白どころか彼女との会話すらほとんどできなかった。

そうこうしているうちに、階段を登る足音が聞こえてきた。このメゾネットに今いるのは二人だけなので、音の主が風呂上がりの夏海なのは間違いない。

夏海の足音が客間の前を通り過ぎ、間もなく引き戸を開け閉めする音が微かに聞こえてきた。どうやら、彼女が自室に戻ったようである。

「……ええいっ！　こんなところでのたうち回っていても、何も変わらない！　敬子さんと真緒さんにも、僕からなんとかしなきゃダメだ、って言われたじゃないか！」

淳也は、改めてそう声に出して身体を起こした。

このまま手をこまねいていても、時間を浪費するだけだろう。

そう考えた淳也は、客間を出ると夏海の部屋の前へと移動した。

いざとなると、心臓の鼓動がいっそう高鳴り、緊張感が全身に満ちる。

正直、人前でレポートの発表などをするときより何倍も緊張していて、できれば逃げたいという気持ちが湧き上がってくる。

(やっぱり、今日はやめて……いやいや。ここでやらなかったら、本当にもう夏海さんと仲直りする機会なんてないかもしれない。今、このタイミングしかないんだ！)

と、弱気な心をなんとか抑え込み、淳也は思い切って引き戸をノックした。

「あ、あの、夏海さん？　ちょっと、話をしたいんだけど？」

そう声をかけると、少しして部屋の向こうで人が動く物音がした。

そして、間もなく引き戸がわずかに開き、夏海が片目だけ顔を覗《のぞ》かせる。

「話って、何？」

感情を殺した反応に、胸に針を刺されたような痛みが生じる。

「えっと、その、い、色々。僕、夏海さんとずっと今みたいな状態が続くなんて、もうこれ以上は耐えられなくて……」

淳也が絞り出すように言うと、彼女が目を見開いて息を呑んだ。

ややあって、

「……分かったわ。入って」

夏海はそう言うと引き戸を開けてくれた。すると、エアコンの涼しい空気と共に女子大生の全身が現れる。

彼女は、Tシャツにショートパンツという格好をしていた。これが、果たしてパジャマ代わりなのか部屋着なのか、淳也には分からない。ただ、夕飯までTシャツにロングパンツという格好だったので、露出度がかなり高く見える。

腕はもちろんだが、白く長い脚が付け根近くまで露わになっている姿は、それだけで無性に扇情的に思えてならない。

同時に、まさか部屋に招き入れてもらえるとは思わなかったので、淳也は驚きと困惑の気持ちを抱いていた。

それでも、思い切って足を踏み入れて、淳也は思わず目を丸くしていた。

彼女の部屋も和室だが、本棚や机や洋服ダンスやソファーベッドといった家具があるだけという、なんとも質素な装いだったのである。

さらに、机にはノートパソコンとテキストが置かれているだけで、正直なところ女性らしさがまったく感じられなかった。壁のハンガーにかかった服やスカートが、かろうじて部屋の住人の性別を示しているくらいである。

女性の部屋だから、もう少し可愛らしい雰囲気をイメージしていたのだが、なんとも質実剛健と言うか、実用一辺倒と言っていいだろう。

もっとも、真面目な夏海らしいと言えばそのとおりで、今はこうして部屋に入れてもらえただけで嬉しく思える。

「それで、何を話してくれるの？」

椅子に腰かけた夏海が、感情を押し殺した声で問いかけてきた。

「あっ……えっと、僕の気持ちを……」

と、畳に正座した淳也が切り出すと、彼女が「気持ち？」と首を傾げる。

この先を口にすることは、さすがにまだ気が引けた。しかし、ここで言わなければせっかくの行動が無駄になってしまう。

そう考えて、淳也は勇気を奮い起こした。

「は、はい。その、夏海さんは迷惑かもしれないけど、僕は夏海さんのことが初めて会ったときから好きでした！　あっ、もちろん今も好きです！」

思わず丁寧語に戻ってしまったが、淳也は一世一代と言ってもいい告白を、とうとう口にした。

それを受けた夏海が、小さく息を呑んで目をやや見開いて固まる。

だが、彼女はしばらく黙り込んだあと、ゆっくりと口を開いた。

「わたしのことが好きって言う割に、篠塚さんや羽鳥さんと随分と親しそうだったわよね？」

その感情を押し殺した声のトーンからは、こちらの告白を額面どおりには受け取っていないことが伝わってくる。

「えっと、それは……怒らないで、事情を聞いてもらえると助かるんだけど……」

と、淳也は敬子や真緒と肉体関係を持つに至った経緯について、簡単に説明した。

適当に誤魔化すこともできただろうが、ここまで来た以上は夏海に秘密を持つことは避けたかった。

それに、一つ嘘をつけば、それを取り繕《つくろ》うためさらに嘘を重ねることになるだろう。もしも、彼女と交際できるようになったとしても、ずっと嘘をつき続けていたら、どこかで罪悪感に押し潰されてしまいそうな気がする。

(そうなって、取り返しがつかないくらい関係が悪化するより、今の時点ですべてを正直に打ち明けたほうがいい)

敬子と真緒との関係に、夏海が腹を立てるなどして淳也の告白を断るのであれば、それはもう仕方があるまい。残念だが、彼女とは縁がなかった、ということになる。

「……と、そんなわけで」

「はぁ、なるほど。そういうことだったのね。なんか、色々と合点がいったわ」

淳也が言葉を切ったところで、夏海がため息交じりに言った。

ただ、その口調に怒りのような感情はなく、どちらかと言えば呆れと安堵が入り混じったような雰囲気が感じられる。

「それで、あの……僕の気持ちは、さっきも言ったとおりなんだけど……夏海さんは、その、僕のことをどう思って……？」

淳也が恐る恐る問いかけると、彼女は黙り込んでしまった。

その沈黙の意味するところが分からず、不安が込み上げてくる。

「……あの、目を閉じてくれる？」

ややあって、夏海がようやくそう口にした。

しかし、彼女の言葉が意味することが理解できず、淳也は「は？」と首を傾げてしまう。

「ああっ、もうっ！　いいから早くっ」

苛立った口調で強く言われて、淳也は慌てて目を閉じた。

（なんなんだ、いったい？　目を閉じている間に顔に落書き、なんて子供みたいな真似をするとは思えないし、ビンタをするなら歯を食いしばれって言うだろうし……）

そんな疑問を抱いていると、不意に頬に優しく手が添えられた。

そして、軽く顔が上げられた次の瞬間、唇に柔らかな感触が広がる。

驚いて思わず目を開けると、眼前には憧れの女性の顔がこれ以上ないくらいの近さで広がっていた。

彼女に何をされているのかなど、いちいち考えるまでもない。

(な、夏海さんが僕にキスを……)

硬直していると、間もなく夏海が唇を離した。

「ふはっ。あっ、もう。目を閉じてって言ったのにっ。恥ずかしいっ」

こちらが目を大きく見開いていることに気付いて、彼女が文句を言いながら顔を真っ赤にして俯いてしまう。

もちろん、今の口づけにはなんの動きもなく、ただ唇を重ねただけの稚拙《ちせつ》なものだった。しかし、憧れの相手からされたという事実だけで、敬子や真緒とのキスとはまったく違った感動が湧き上がってくる。

「あ、あの……今のは、いったい？」

突然のことに思考が追いつかず、淳也はそう問いかけていた。

「も、もうっ。そこまで説明しないと、分かってくれないの？　淳也くんって、本当に鈍感ねっ」

と、夏海が不服そうに頬をふくらませる。

「ゴメン。いや、その、驚きすぎて、なんて言うか……」

「はぁ。わたし、好きでもない人とキスをしようなんて、絶対に思わないわよ。これで、察してくれる？」

淳也が、なお混乱したまま応じると、彼女が呆れたようなため息をついて言った。

「えっ？　と言うことは、夏海さんも僕のことを？」

ますます驚いてそう問いかけると、夏海は顔をいっそう赤くして首を縦に振った。

どうやら、こちらの勘違いや自惚《うぬぼ》れではなく、本当に自分に思いを寄せてくれていたらしい。

ただ、そうと分かって喜びはあったものの、同時に疑問も湧き上がってくる。

「えっと、こんなことを聞くのもなんだって気はするけど、いったいいつから僕のことが好きだったの？」

何しろ、彼女は違う学部の違う学年の男子学生にも名が知れ渡っている、大学でも指折りの美人である。おまけに、学業成績が教育学部でも十本の指に入る才媛なので、「天が二物を与えた」と評判なのだ。もっとも、イケメン男子学生からの告白すらもことごとく断ってきた鉄壁さも、名を広めた大きな要因なのだが。

一方の淳也は、自分で言うのもなんだが目立つ容姿でもなければ、成績も凡庸な、ようするにごくごく平凡な人間である。こうして同居するまで、夏海とは大家の孫と店子という以外は特に接点もなく、好意を抱かれるような出来事の記憶もなかった。

「それは……一昨年の冬に、大雪でお祖父《じい》ちゃんとわたしがアパートの前の雪かきで苦労していたことがあったでしょう？　あのとき、淳也くんが率先して手伝ってくれて、『いい人だな』って思ったの。それから、つい姿を追いかけて見るようになって、だんだん……」

（ああ、あれか。起きたら、ちょうど二人が雪かきしていて、見るに見かねて手伝ったんだけど。まさか、あんなことがキッカケだったなんて）

淳也としては、自宅でも雪が積もったときは雪かきをしていたので、ごく当たり前のように手伝ったのである。だが、それが彼女の琴線《きんせん》に触れていたとは、さすがに予想もしていなかったことだ。

「だったら、そう言ってくれれば……」

「わたし、不器用だから。恋愛に興味がなかったわけじゃないけど、教師になるのが中学時代からの目標で、二兎を追って両方手に入れられるとは思えなかったの。それに、教育学部は履修科目が多くて、ずっと忙しかったし」

淳也の言葉に、彼女がそう応じる。

なるほど、夏海は告白を断るとき、いつも「教師になるまで誰ともお付き合いする気はない」と言っていたと聞く。おそらく、恋愛と目標を天秤《てんびん》にかけて、後者を優先してきたのだろう。

「だから、本当はこの気持ちを淳也くんに打ち明けるつもりもなかったの。同居することにしたのも、家主のお祖父ちゃんの代行として責任を果たすため、と思おうとして。でも、キミが篠塚さんや羽鳥さんとすごく親しそうにしているのを見たら、頭の中が混乱して、苛立ちを抑えられなくなって、なんだか八つ当たりみたいな態度を取っちゃったの。ごめんね」

「そんな……僕のほうこそ、優柔不断な上に鈍感でゴメン。でも、夏海さんの本心が分かってよかった」

彼女の告白を受けて、淳也は胸を撫で下ろしながらそう応じていた。

こうして、言葉ではっきりと言われたことで、心の中にあったモヤモヤしたものがようやくほとんど解消された気がする。

だが、淳也はすぐに、お互い一つ肝心な点を口にしていないことに気付いた。その答えをきちんと聞かなくては、まだ安心と言うわけにはいくまい。

「あ、あの……夏海さん！　夏海さんにとっては、目標を叶《かな》えることが大事だろうし、卒業したらここを出て行くと思うんですけど、たとえしばらく離れることになっても、これから僕と恋人として付き合ってください！　お願いします！」

淳也は、そう言って頭を深々と下げた。

夏海が自分のことを思ってくれていたとはいえ、それと「交際する」ことはまた別の問題である。

彼女はここまで、色恋沙汰を封印して「教師になる」という目標に向かって邁進《まいしん》してきた。したがって、「好きだが交際はお断り」と言われる可能性はある。そうなったら、今後どういうスタンスで接していけばいいか、分からなくなってしまいそうだ。

そんな不安が、どうしても脳裏から拭えない。

しかし、夏海からの返事はなかった。

恐る恐る顔を上げてみると、彼女は泣き笑いのような表情を浮かべて、淳也を見つめていた。

「あ、あの、夏海さん？」

「……一つだけ、わたしのお願いを聞いてくれる？」

夏海の唐突な言葉に、淳也は「はっ？」と声をあげて首を傾げた。

いったい、彼女は何を頼もうというのだろうか？

「な、何？　僕にできること範囲のことだったら、努力するけど？」

一抹《いちまつ》の不安を抱きながらそう応じると、夏海は苦笑いを浮かべた。

「もう。そんなに心配そうな顔をしないでよ。あ、あのね……その、わ、わたしと、エッチして……欲しいの」

消え入りそうな声で、しかしはっきりと彼女は言った。

「へっ？　あ、あの、それって……」

いくらウブであっても、大学生が「エッチ」の意味を知らないとは思えない。したがって、これがセックスの誘いなのは間違いなかろう。

だが、予想の斜め上を行く唐突さに、淳也の思考のほうが追いついていなかった。

交際の申し込みに対して、このような条件を口にした彼女の考えが、さっぱり分からない。

すると、夏海が顔を赤くしながら言葉を続けた。

「だって、恋人ならそういうことをするだろうし、その、淳也くんは篠塚さんや羽鳥さんとしているんでしょう？　わたし、二人に負けたくないの。そのためには、やっぱり初めてをあげないと、と思って……ああっ、自分で言っていて恥ずかしいっ」

と、彼女は顔を両手で覆ってしまう。

しかし、これで発言の意図も理解できた。

こちらが思っていた以上に、夏海は負けん気が強いらしい。それだけに、先に淳也と関係を持った二人への対抗心を、抑えられなくなったようである。

「分かったよ。って言うか、本当にいいの？」

「も、もうっ。念を入れて聞かないで。ホントに恥ずかしいんだから。あっ、でもわたし、一人でしていてもあまり気持ちよくなれなくて、もしかしたら感じにくい体質かも……やんっ。わたし、さっきから何言ってんのかしら？」

淳也の問いに、顔を覆ったまま彼女が応じる。

どうやら、夏海の頭の中はすっかりパニックを起こしているらしい。

(僕は……驚いているけど、自分でもビックリするくらい冷静だな)

おそらく、これは敬子と真緒とセックスの経験をそこそこ積んだおかげだろう。もしも、これが初体験だったら、こちらも緊張のあまり何をどうしていいか分からなくなっていたはずだ。

「分かった。大丈夫だから、僕に任せて」

淳也がそう言って肩を掴むと、夏海が身体をやや強張らせながらも、ようやく顔から手を離してこちらを見た。

「も、もう……わたしのほうが一歳上なのに、なんだか情けないなぁ」

「僕も緊張しているけど、こういうのは慣れらしいから……好きだよ、夏海さん」

「うん。わたしも、淳也くんのこと大好き」

淳也の言葉にそう応じて、夏海が目を閉じる。

そんな彼女に、淳也は今度はこちらから唇を重ねるのだった。

5

「んっ……んんっ……んむ……」

唇をついばむたび、夏海の口から小さな吐息のような声がこぼれ出る。

今、淳也は彼女をソファベッドに寝かせて、改めてキスを交わしていた。

(普段、夏海さんはここで寝ているんだよな……)

そんなところで、こうして唇を重ねていることが、まだ夢のように思えてならない。

その昂りのままに、淳也は恋人になり立ての相手の口内に舌を入れた。

途端に、夏海が「んむっ!?」と驚きの声をあげ、身体を強張らせる。

しかし、淳也は構わずに舌を動かし、彼女の舌を絡め取った。

「んんっ！　んっ。んぐ……んむ、んじゅ……」

驚いたことに、夏海は声を漏らしながら、おずおずと自ら舌を動かし始めた。どうやら、こういうキスの知識くらいは持ち合わせていたらしい。

(とはいえ、さすがに戸惑っているみたいだけど)

その彼女の様子が、手慣れた敬子や真緒と違って、なんとも新鮮ではある。

もっとも、そんなことを考える余裕があるのも、特に真緒と何度もして色々と教えてもらったおかげなのだが。こちらも初めてのキスだったら、おそらく舌を入れることすら思いつかなかっただろう。

淳也は舌を絡ませたまま、Tシャツの上から胸に手を這わせた。すると、下着とシャツ越しに、ふくらみの存在が手の平に伝わってくる。

手が触れた途端、夏海が「んむっ」と再び声を漏らして身体を強張らせる。

だが、淳也は構わずに舌を絡ませながら乳房を揉みだした。

「んんっ。んじゅる……んぶじゅ……んんっ……」

彼女の舌の動きが乱れて、こぼれ出る声も不安定になる。

やはり、初めて異性に胸を揉まれて戸惑っているのだろう。

そこで淳也は、いったん唇を離した。

「ぷはっ。はぁ、はぁ……」

唇を解放されて、夏海が荒い息を吐く。初めてのディープキスで、呼吸が上手くできなかったらしい。

ただ、上気した頬と、すっかりとろけたような目が、なんとも色っぽく見える。

興奮を抑えきれないまま、淳也は家主代行のTシャツの裾に手をかけ、一気にたくし上げた。

すると、シンプルなデザインの白いブラジャーが露わになる。

「は、恥ずかしい……こんなことになるんなら、もっと可愛い下着にしておけばよかった」

「こういうのも、夏海さんに似合っているよ」

夏海の言葉にそう応じたが、これは本心である。

もちろん、彼女ほどの美貌なら派手な下着でも似合うだろう。しかし、飾り気のないものだからこそ、本人の魅力がいっそう引き立っている気がした。

そんなことを思いながら、ブラジャーをたくし上げて憧れの女性の胸を露わにする。

そうしてふくらみを見たとき、淳也は「うわぁ」と感嘆の声をあげていた。

既に、一度は目にしたことがあるので分かっていたが、夏海のバストサイズは敬子や真緒よりも小振りである。とはいえ、こうして仰向けで触れても存在感はしっかりあるし、一般的な尺度で言えば大きい部類に入るだろう。単純に、未亡人と美人ＯＬを基準にするのが間違っているのは明らかだ。

「ああ……オッパイ、また見られちゃってるぅ……今度は、こんなに近くでぇ」

夏海が、恥ずかしそうに顔を背《そむ》けながら、そんなことを口にする。

案の定と言うべきか、彼女もまだ脱衣所での一件を気にしていたらしい。

「すごく綺麗だよ。触ってもいい？」

淳也が訊くと、夏海は小さく息を呑み、それから「うん」と恥ずかしそうに頷《うなず》いた。

そうしてバストに手を伸ばすと、まるで初めて女性の胸に触れるような緊張感が湧き上がってきた。童貞の頃なら、もしかしたら怖じ気づいて、これ以上は続けられなかったかもしれない。

しかし、今の淳也には敬子と真緒との経験がある。

（よし、触るぞ！）

意を決してふくらみに手を這わせると、夏海が「んっ」と小さな声を漏らし、身体を硬くした。やはり、異性に乳房を触られたことに、緊張しているようである。

(これが、夏海さんのオッパイ……肌がすごくきめ細かくて、まるで手の平に吸いつくみたいだ)

初めて触れた彼女のバストの感触に、淳也は感動を覚えずにはいられなかった。

もちろん、大きさでは敬子と真緒に分がある。だが、絹のようにスベスベして手に馴染む肌の触り心地は、彼女たちになかったものだ。

激しく込み上げてくる興奮をどうにか抑えながら、淳也は指に少し力を入れてふくらみを揉みだした。

「んんっ……あんっ、オッパイッ、んはっ、あっ……」

手の動きに合わせて、夏海が小さな声を漏らす。

ただ、その身体にはまだ力が入っていて、彼女の緊張が解けていないことが伝わってくる。

(緊張しているせいか、反応はイマイチだけど、夏海さんのオッパイって、揉んでみるとすごく触り心地がいいのがよく分かるなぁ)

愛撫をしながら、淳也はそんな感想を抱いていた。

敬子と真緒より小振りだからか、あるいは若いからなのか、夏海の乳房は年上の二人よりも弾力が強いように感じられる。しかし、その感触と肌のきめ細かさが絶妙なバランスで、最高の触り心地を生みだしている気がしてならない。

これが初めての愛撫だったら、湧き上がる欲望を我慢しきれず力任せに揉みしだいていただろう。

だが、今の淳也は興奮しながらも、まだ女性の反応を確認する心の余裕があった。

(夏海さんが痛くないように、力を入れすぎずに……)

と考えて、淳也は優しく乳房を揉みしだき続けた。

「んっ……あっ、んっ、それぇ……あんっ、んっ……」

しばらく続けていると、夏海の身体からようやく力が抜け、口からこぼれる声にも次第に艶が出てきた。

また、胸の頂点の突起も次第に存在感を増してきている。

(一応は感じているみたいだから、不感症ってことはないと思うんだけど……確かに、真緒さんと比べても反応が鈍い気はするな)

乳首が性感帯だった敬子はともかく、美人ＯＬは最初にしたとき乳房への愛撫に気持ちよさそうな表情を見せながらも、まだ余裕を見せていた。

今の夏海の場合、余裕はないもののかろうじて気持ちよくなりだした、という感じで、まだまだ「快感」と呼べるほどのものを得ていないように見える。

もしかしたら、初めて異性から愛撫されている緊張感が、感度を鈍らせているのかもしれない。

(あっ、そうだ！　弱点を責めれば、そんな緊張も忘れるんじゃないかな？)

と、淳也は愛撫を続けながら、自分の閃《ひらめ》きに心の中で手を叩いていた。

実際、経験で勝る敬子や真緒も、最初は余裕を見せてこちらを翻弄したが、弱点を責めたらたちまちメロメロになってしまったのだ。処女であれば、なおさら責めに耐えられるとは思えない。

そう考えて、淳也は片手を乳房から離すと、乳首に吸いついてみた。

「あんっ、そこぉ」

口が触れた途端、夏海が甘い声を漏らす。

「ちゅば、ちゅば、チロロ……」

淳也は構わず乳首を舐めだし、同時にもう片方の胸を揉みだした。

「それっ、んんっ、恥ずかしっ、あんっ、赤ちゃんみたいっ、んあっ……」

夏海が喘ぎながら、そんなことを口にする。

(う～ん。感じているようだけど、敬子さんほど乱れないなぁ。ってことは、夏海さんの弱点は乳首じゃないのか？　だったら、今度は……）

　と考えて、淳也はいったん突起から口を離した。

　そして、今度は彼女の腕を横に広げて腋の下に舌を這わせてみる。

「きゃあんっ。そこ、くすぐったい」

　途端に、甲高い声をあげて夏海が身体をよじらせる。

「レロロ……ピチャ、ピチャ……」

「んっ、あんっ、そんなとこっ、ひゃんっ、くすぐったいよっ」

　念のために愛撫を続けてみたが、彼女の反応は真緒と明らかに異なり、快感を得ているように見えない。

　そのため、淳也は腋から舌を離した。

（腋の下でもないのか。だとしたら、いったいどこが夏海さんの感じやすいところなんだろう？　やっぱり、もうオマ×コを弄っちゃおうかな？）

　という考えも浮かんできたが、今の反応を見る限り、まだいささか早い気がする。

（まずは弱点を見つけて、しっかり感じさせてあげないと。なんと言っても、夏海さんは初めてなんだから、ちゃんと気持ちよくなってもらいたい。僕は経験者なんだし、夏海さんの恋人第一号なんだから）

とにかく、自分の失敗で夏海がセックスにトラウマを持つようなことは、絶対にしたくなかった。ましてや、処女喪失という一生に一度の経験を、痛いだけの悪夢にしてしまっては、今後の二人の関係にも影響が出るかもしれない。

だが、弱点などそうそう見つけられるものではないのも、また事実だった。

敬子の場合は、もともと性感帯としてよく知られている乳首が弱点だったので、非常に分かりやすかった。

真緒は、前戯のときに腋の下を晒すように腕を上げていたため、意外な性感帯に気付くことができた。言わば、偶然の産物である。

そう考えたとき、淳也の中に一つの閃きが生まれた。

(ん？　待てよ。確か真緒さんは、自分が弱点をさらけ出していたのに気付いていなかったな。ひょっとして、感じやすいところを無意識に見せることって、意外にあったりするのかな？)

弱点は、隠すのが普通である。しかし、快感を求めるときは弱い部分を本能的に晒す、ということはあり得るかもしれない。

そのような視点で改めて夏海を見たとき、淳也は今さらのようにおかしなことに気付いた。

（夏海さん、キスのとき以外、ほぼ横を向いているな）

もちろん、初体験なので恥ずかしくて目を合わせられないだけ、という可能性はある。ただ、横を向くことによって、否応なく首の側面が常にさらけ出されているのだ。

（試してみるか？）

と、淳也は首筋に軽く舌を這わせてみた。

途端に、彼女が「ひゃうんっ！」と今までとは明らかに違う反応を見せる。

（おっ。やっぱり、ここが感じやすいのかも？）

そう考えて、淳也は首筋をさらに舐め回した。

「レロ、レロ……」

「はあっ、それっ、やんっ、何っ、んあっ、これぇ!?　あんっ、舌っ、ふあっ、ゾクゾクするのぉ！」

と、夏海が困惑混じりの声で喘ぐ。

「夏海さん、感じているよね？」

「んあ……か、感じる？　これが？　よく分からないわぁ。けど、嫌じゃない……その、首から電気を流されたみたいで、なんだか変になっちゃいそうだったのぉ」

淳也が舌を離して問いかけると、彼女が戸惑いの表情を浮かべながら応じた。

「それが、感じるってことだよ。夏海さん、自分で『感じにくい』って言っていたけど、普通に敏感じゃん。おかしいところなんて、ちっともないよ」

「そ、そうかな？　って、恥ずかしいっ。もう、あんまり変なこと言わないでよぉ」

少し冷静になったのか、夏海が頬をふくらませて文句を言う。

「ゴメン。お詫びに、もっとしてあげるよ。レロ、レロ……」

「ひゃんっ、そこっ！　あっ、あんっ、そんっ……やっ、ああっ、こっ、声がっ、はうっ、勝手に出ちゃうぅ！　あんっ、ひゃううっ……！」

再び首筋を舐めだすと、夏海は甲高い声をあげながら、なんとか逃れようとしているらしく足をバタつかせだした。だが、こちらが上になり、しかも首に顔をほとんどくっつけた体勢なので、女性の力で暴れても無駄な努力でしかない。

淳也は、首筋を舐めながら改めて片手を乳房に這わせた。そして、ふくらみを優しく揉みしだきだす。

「はあっ、オッパイ！　ああんっ、そんなっ、んはっ、さっきよりっ、ああっ、ビリビリってぇ！　あんっ、感じるぅ！　あんっ、気持ちいいのぉ！　はあっ、ああっ、きゃふうっ……！」

夏海の喘ぎ声が、いっそう大きくなった。

案の定と言うべきか、弱点を責めたことで胸の愛撫への反応もよくなっている。

彼女は、「自分でしても感じにくい」と言っていたが、おそらくそれは自慰の仕方や、快楽を貪《むさぼ》ることへの不安といった心のほうに問題があったせいだろう。

こうして、実際に「感じる」という感覚を覚えれば、今後は自分でも快感を得られるのではないだろうか？

(そのためにも、今は夏海さんを思い切り気持ちよくしてあげよう)

そう考えて、淳也は首筋とバストへの愛撫を続けた。

「ああ、ひゃうっ、あんっ、あんっ、んはああっ……！」

間もなく、夏海の口からこぼれ出る喘ぎ声に、いっそう熱がこもりだした。さらに、足をバタつかせるのをやめ、太股同士をもどかしそうに擦り合わせだしている。

(そろそろ、頃合いかな？)

と判断した淳也は、胸から手を離して彼女の下半身に手を伸ばした。そして、ショートパンツのウエスト部分から手を入れ、ショーツの上から秘部に指を這わせる。

そこに触れた瞬間、夏海が「きゃうんっ！」と甲高い声をあげ、身体を強張らせた。

いくら快感に浸っていても、さすがに秘部を初めて他人に触られることへの緊張感は拭えないらしい。

（やっぱり、もうそこそこ濡れている。夏海さん、ちゃんと気持ちよくなってくれていたんだ）

秘部に触れた指には、布越しにも湿り気がはっきりと感じられた。

自分の愛撫で、思い人が本当に快感を得ていることをこうして実感すると、なんとも言えない悦《よろこ》びが込み上げてくる。

そこで淳也は、ひとまず首筋への愛撫をやめて、布地の上から指を筋に沿って動かし始めた。

「んあっ、あんっ、そこっ、ああっ、やんっ、そんなっ、はあっ、されたらっ、あふうっ、疼いちゃうっ！　んあ、はあっ……！」

たちまち、夏海が艶めかしい声で喘ぎだす。もはや、弱点を刺激しなくても愛撫に反応しやすい状態になったらしい。

そうして布地越しに秘部を弄っていると、蜜の量がいっそう増してきたのが感じられた。

（そろそろ、次の段階に進んで大丈夫だろう）

と考えた淳也は、いったん愛撫の手を止めて、ショートパンツから手を出した。

そして、身体を起こすとショートパンツとショーツを一気に脱がして、恋人の下半身を露わにする。

「ああっ。そこっ、見ちゃイヤぁ！」

と、夏海が脚を閉じようとする。

だが、淳也は脚の間に強引に入り込んで、濡れそぼった秘部に顔を近づけた。

「これが、夏海さんのオマ×コ……綺麗だ」

彼女の最も恥ずかしい部分を見つめて、淳也は思わず感嘆の言葉を口にしていた。

男を知らないそこは、敬子や真緒とは違ってまだ口がしっかり閉じている印象が強い。また、これは単なる個人差かもしれないが、陰毛の量もやや少なめである。

年上の二人の秘部が熟し方が異なる熟《う》れた果実なら、夏海のそこはまだ青さが残る果実だ、と言ってもいいだろう。

しかし、何より愛する女性の秘部を目にしている、という事実が淳也の目を惹いてやまなかった。

「ああっ、もう。だから、そんなにジロジロ見ちゃダメだってばぁ。すごく恥ずかしいんだから」

「おっと、ゴメン。でも、見るだけじゃないよ」

恋人の抗議の声で、ようやく我に返った淳也は、そう応じるなり割れ目に口を近づけた。そして、そこに舌を這わせる。

「レロ、レロ……」

「ひゃうん！　そんなとこっ、ああっ、口をつけちゃ……やんっ、汚いよっ！　ああっ、はあんっ……！」

愛撫に合わせて喘ぎながら、夏海が懸命に訴えてくる。

「お風呂に入ったばかりだから、ちっとも汚くないよ。それに、夏海さんのエッチな汁、とっても美味しいから。ピチャ、ピチャ……」

「そっ、そんなこと……ひゃんっ、言わなっ……ああっ、きゃふうんっ！」

言葉の途中で、彼女がビクンッと身体を大きく反らした。

やはり、秘部がかなり敏感になっているらしい。その証拠に、蜜が割れ目からますます溢れ出してきた。

そこで淳也は、秘裂を指で割り開いた。そうして、綺麗なシェルピンクの肉襞《にくひだ》に舌を這わせる。

「レロロ……チュブ、チロ……」

「ひううっ！　内側っ、ああっ！　やんっ、それっ、はあっ、舌っ、きゃうっ、ビリビリしてぇ！」

「チロロ……夏海さん、ちょっと声が大きすぎ。外まで聞こえちゃうよ？」

喘ぎ声がいちだんと大きくなったため、さすがに淳也は口を離して注意していた。

この部屋は、アパート側と壁を接していないので、いくら木造でも多少の声であれば隣室まで聞こえることはあるまい。だが、それも程度問題で、今の彼女の声のボリュームだと二〇一号室に届いてしまう不安があった。このままでは、これ以上の愛撫は恐ろしくてできそうにない。

「だってぇ。そんなこと言われても、自然に声が出ちゃうんだもぉん」

と、夏海が頬をふくらませる。

「気持ちは分かるけど、手で口を塞ぐとかして抑えて。じゃあ、続けるよ？」

そう言って、淳也はまた秘部に舌を這わせだした。

「も、もうっ、そんなっ……んんっ！　んむっ、んぐうっ……！」

彼女は何か言おうとしたが、愛撫が再開されたため慌てた様子で自分の口を手で塞いだ。おかげで、ようやく声がくぐもったものになる。

心配がひとまずなくなったため、淳也はいっそう舌の動きを強めた。

「じゅるる……ピチャ、ピチャ……」

「んああっ！　んむっ、自分でっ、してもぉ！　あんっ、こんなにっ、んあっ、感じたことっ、んんっ、ないのぉ……何っ、あむっ、これぇ？」

夏海が、口を塞いで喘ぎながら戸惑いの声をあげる。

どうやら、初めて味わう強烈な快感に困惑しているらしい。

だが、その肉体は既に快楽を受け入れ、秘部からは舐めるのが追いつかないくらい大量の蜜が溢れ出し、ヒップを伝ってシーツにシミを作っていた。

「んんんっ！　何かっ、んあっ、来るっ！　あんっ、来ちゃうっ！　んむうっ！」

夏海が、手で塞いだ口から切羽詰まった声を漏らした。

それが何を意味しているのかは、いちいち確認するまでもない。

そこで淳也は、存在感を増した肉豆に狙いを定め、そこを舌先で舐めだした。

「チロ、チロ……」

「んぐうっ！　んんっ、それっ、やんっ、んくうっ！　はっ、弾《はじ》けてっ……んむううううぅぅぅぅぅぅぅぅぅぅぅぅ!!」

遂に、彼女がくぐもった絶頂の声をあげ、大きく背を反らして全身をピンと硬直させた。同時に、秘部から大量の蜜が溢れ出す。

淳也が割れ目から口を離すと、夏海の身体から力が抜けていった。

「んはあああ……はぁ、はぁ……」

ベッドに四肢を投げ出し、惚《ほう》けたように荒い息を吐く恋人の姿に、淳也は挿入への欲求を抑えきれなくなっていた。

6

「きゃっ。そ、それが大きくなったオチ×チン……」

淳也が、ソファベッドから降りて全裸になると、横たわったままこちらに目を向けた夏海が、そんな声を漏らして目を丸くした。

一物は、既に天を向いてそそり立っている。この状態のペニスを目にしたことがないため、彼女は驚きを隠せていないようだ。

その反応の初々しさに新鮮さを感じながら、淳也は改めて恋人に覆い被《かぶ》さるようにベッドに乗った。

「夏海さん、いい？」

念のために訊くと、彼女が小さく息を呑み、それからコクンと首を縦に振る。

そんな態度から、夏海の覚悟と不安が伝わってくる気がする。

もっとも、こちらも処女の相手は初めてなので、さすがに緊張しているのだが。

それを押し殺して、淳也は恋人の脚の間に入った。そして、分身を秘裂にあてがう。

すると、彼女の身体があからさまに強張った。

いくら覚悟を決めても、破瓜《はか》の緊張を完全になくすのは無理だったらしい。

(このまま強引に挿入しても、痛がるだけかも)

そう考えて、淳也は入り口に擦りつけるように、ペニスの先端を動かした。

「あっ、んっ、ふあっ、それっ。あんっ、んんっ……」

夏海が、すぐに甘い声をあげだす。

絶頂も味わって敏感になった秘部を擦られて、快感を得ているらしい。

(くっ。先っぽが、思っていた以上に気持ちいい)

淳也のほうも、予想以上の心地よさに内心で呻き声をあげていた。

先に一度も出していないせいだろうか、こうして敏感な先端を擦りつけていると、かなり強烈な性電気が発生する。それによって、背筋がゾクゾクするような快感がもたらされるのだ。

我慢してさらに行為を続けていると、間もなく割れ目から新たな蜜が溢れ出し、恋人の身体から力が抜けてきた。

(よし、今だ！)

と、淳也は腰に力を入れて分身を秘裂に押し込んだ。

「あっ！　んんんんっ！」

夏海が目を大きく開き、戸惑ったような声をあげる。だが、大声を出さなかったのは、まだ理性が残っている証拠だろう。

構わずに進んでいくと、すぐに敬子や真緒にはなかった抵抗を先端に感じて、淳也は動きを止めた。

これがなんなのかは、いちいち考えるまでもあるまい。

ここを破れば、自分が夏海の最初の男になるのだ。

（だけど、本当に僕なんかが初めてでいいのかな？）

という思いが、淳也の心に込み上げてきた。

彼女ほどの女性ならば、初体験にもっと相応《ふさわ》しい相手がいるのではないか？　自分ごときに処女を捧げて、あとで夏海は後悔するのではないか？

そんな心配が、今さらのように湧き上がってくるのを抑えられない。

しかし、これは夏海自身が望んだことでもあるのだ。

（ええいっ。僕も男だ！　覚悟を決めるしかない！）

そう考えて、淳也は改めて腰に力を込めた。

するると、先端から抵抗がブチブチと破れる感覚が伝わってきた。

「んくううっ！　いっ、痛っ……ぐううううっ！」

途端に、夏海が苦悶の声をあげた。懸命に歯を食いしばって大声を出さないようにしているものの、さすがに痛みは相当なものらしい。

その苦痛に満ちた表情を見ると、いったん動きを止めるべきか、挿入の速度を遅くするべきか、という迷いが生じる。

経験がなかったら、おそらくどちらかの選択をしていただろう。

だが、今の淳也は多少なりともセックスの経験を積んで、もう一つの選択肢を考えることができた。

（いや。確か、こういうときはゆっくりすると逆に痛みが長引くって、敬子さんが言っていたな。だったら……）

未亡人に教わったことを思い出した淳也は、思い切って一物を突き入れた。

「んくううぅぅぅっ！」

夏海がおとがいを反らし、全身を強張らせる。

しかし、陰茎が奥に到達して動きが止まると、すぐに彼女の身体から力が抜けていった。

「んはあ……はぁ、はぁ……」

放心したような表情を浮かべ、全力疾走をした直後のように激しく息を切らすその姿は、なんとも痛々しく思えてならない。

しかし、同時に結合部付近に散った赤いものを見ると、憧れの女性の初めてをもらった実感が湧いて、なんとも言えない悦びと愛《いと》おしさが込み上げてきた。

(夏海さんの中、キツくて、だけど締めつけが気持ちよくて……)

男を初めて受け入れた膣道は、敬子や真緒と比べても明らかに狭く、肉棒を異物として押し出そうとするかのように、ギュッと締めつけてきていた。だが、それがかえって心地よさをもたらしてくれる。

とはいえ、何しろ夏海は破瓜を迎えたばかりである。今、敬子と真緒としたときのように動いたら、彼女がどういう反応になるか想像するのは容易だった。

そこで、淳也が上体を倒すと、夏海がしがみつくように背中に手を回してきた。

「淳也くん、痛いよぉ……」

「うん、大丈夫。しばらく、このままでいるから」

涙ながらの訴えに、淳也は優しく返答した。すると、彼女が苦悶の中に安堵の表情を見せる。

どうやら、いきなりピストン運動をされることに、不安を抱いていたらしい。

「んああ……淳也くんを、中ではっきり感じるぅ。痛いけど、とっても嬉しいよぉ」

少しして、夏海が目に涙を浮かべたまま、そう言って微笑んだ。

まだ痛みが強いだろうに、彼女の健気《けなげ》さに胸が熱くなる。

しかし、分身からもたらされる心地よさと、好きな相手と結ばれた興奮のせいで、淳也の心には相反する二つの思いが湧き上がってきていた。

（一発も出してなかったから、とにかく早く動きたい……だけど、夏海さんをきちんと気持ちよくしてあげたいから、まだ動くわけにはいかないし……）

このアンビバレントな思いを解消する方法など、果たしてあるのだろうか？

（うーん……あっ、そうだ！　夏海さんは首筋が弱いんだから……）

閃きを得た淳也は、彼女の首に舌を這わせた。

「ひゃんっ！　ちょっ、そこっ、あんっ、今っ、はうっ、ダメぇ！」

夏海が、慌てた様子で素っ頓狂な声をあげる。

だが、淳也はあえてその声を無視して、首筋を舐め続けた。それに合わせて、片手で乳房も揉みしだく。

「レロ、レロ……ピチャ、ピチャ……」

「はあっ、それぇ！　あんっ、ダメって、ふあっ、言ってぇ……はあんっ、ああっ、淳也くんがっ、ふああっ、こんなに意地悪だった、あんっ、なんてぇ……」

そう文句を言いながらも、彼女の声にだんだんと艶《つや》が出てくる。

同時に、結合部の潤いも明らかに増してきた。やはり、弱点を責められたことで、破瓜の痛みよりも快感が強くなっているようだ。

ましてや、一度絶頂に達しているのだから、反応がいいのも当然かもしれない。

（夏海さんの弱点が、首筋でよかった）

愛撫を続けながら、淳也はついそんなことを思っていた。

乳首ならばまだしも、真緒のように腋の下が弱点だと、正常位で挿入したまま舐めるのがいささか難しい。その点、首筋というのは舐めやすい位置なので、ある意味で楽に刺激できる。

そうして、さらに愛撫を続けていると、膣道の反応も心なしか変わってきた。これまでは、ただ締めつけるだけという感じだったが、膣肉にうねりが出てきてペニスを優しく刺激しだしたのである。

（うおっ。き、気持ちいいっ）

ペニスからもたらされるようになった予想以上の性電気に、淳也は心の中で呻き声をあげていた。

油断すると、こうしているだけであっさり暴発してしまいそうだ。

(だけど、動く前に出しちゃうのは、さすがに格好が悪すぎるもんな)

童貞なら仕方がないだろうが、敬子と真緒とセックスの経験を積んだ身としては、呆気なく射精してしまうのはさすがにプライドが許さない。

そう考えて、淳也は込み上げてくるものをどうにか我慢しながら、さらに首を舐めつつ乳房を揉みしだき続けた。

「レロ、レロ……ピチャ、ピチャ……」

「はあっ、それっ、あんっ、ふあっ、ああっ！　ひゃうっ、はうっ……！」

いつしか、夏海の声から苦痛の色が消え、とろけるような喘ぎ声だけが口からこぼれ出るようになった。

どうやら、すっかり快感の虜になってしまったらしい。

ただ、淳也はさすがにジッとしていることに限界を感じていた。これ以上、牡の本能を押さえつけておくことは、さすがに無理だろう。

「夏海さん？　そろそろ、動いてもいい？」

首筋への愛撫をやめて訊くと、彼女が潤んだ目をこちらに向け、

「うん……多分、大丈夫ぅ」

と、間延びした声で応じた。夏海も、すっかり出来上がったらしい。

そこで、淳也は上体を起こした。それから彼女の腰を持ち上げ、押しつけるような腰使いでゆっくりと抽送を始める。

「んっ……あっ……あんっ……」

動きに合わせて、夏海が控えめな喘ぎ声をこぼす。

「痛くない？」

「んはっ、うんっ……はうっ、これくらいならっ……あんっ、平気ぃ」

こちらの問いに、彼女が喘ぎながら応じる。

その言葉に、無理をしている様子は特にない。どうやら、弱点を責められたことで、しっかりと快感を得られるようになったようだ。

（だったら、もう少し強くしてみるか？）

と考えて、淳也はややピストン運動を大きくした。

「んあっ！　んっ、あんっ、奥ぅ！　んはっ、ズン、ズンって、はあっ、来てぇ！　はうっ、ああっ……！」

動きの大きさに合わせて、夏海の声のボリュームも少し増す。

だが、その声から苦痛の色は感じられなかった。破瓜の痛みは、さほど気にならなくなっているのだろう。

（くうっ。だけど、さすがにこっちが限界かも）

淳也は、込み上げてきた射精感に焦りを覚えていた。

少々早い気はしたが、何しろ先に一発出すことなく処女の膣肉に挿入し、ピストン運動をしているのだ。しかも、相手はずっと憧れてきた美女で、思いを通わせて一つになっているのだから、興奮があっさり限界を迎えるのは当然と言えるだろう。むしろ、ここまで暴発しなかったことに、自分で自分を褒めたいくらいだ。

（だけど、僕が先にイッたら、さすがにちょっと格好悪いかも）

おそらく、夏海はこちらが先に達しても気にしないだろう。と言うか、気にする余裕などないはずだ。

しかし、それなりにセックス経験を積んだ人間としては、処女の恋人を満足させる前に自分だけがオルガスムスを迎えることに悔しさがある。

そこで淳也は、いったん彼女の腰を降ろし、再び身体を倒すと首筋に舌を這わせた。

「レロロ……ピチャ、ピチャ……」

しかし、今度はそうして首筋を舐め回しながらも、小刻みな抽送を続ける。

「あっ、やっ、それぇ！　あんっ、ひゃうっ、舐めながらっ、あんっ、奥っ、ああっ、されるとぉ！　はあっ、来るっ！　ああっ、またっ、あんっ、大きいのっ、はううっ、来ちゃうぅぅ！」

夏海が、切羽詰まった声をあげて再び抱きついてくる。どうやら、彼女も限界が近いらしい。

その証拠に、膣肉のうねりが増して、肉棒をいっそう刺激しだしている。

「ううっ。僕も、もうイクッ。抜くよ？」

「ああっ、ダメぇ！　このままっ、あんっ、中にぃ！　んはあっ、中でっ　はううっ、淳也くんをっ、あんっ、感じさせてぇ！」

と言って、夏海が腕に力を込め、さらに脚を腰に絡めてくる。

(な、夏海さんに中出し……)

そう思っただけで、頭の中が真っ白になった。

憧れの女性の膣内に射精する。それは、ずっと夢想してきた行為だが、まさか彼女のほうから要求されるとは思いもよらなかったことだ。

とはいえ、相手に求められたのであれば、こちらが気にする必要もあるまい。

そんな思いに支配されて、淳也は首筋への愛撫を再開しつつ、本能のままにピストン運動を続けた。

「はあっ、もうっ！　もうっ、あっ、あっ、イクぅ！　んんんんんんんんん!!」

弱点を責められた夏海が先に絶頂に達し、キツくしがみつきながらおとがいを反らして全身を強張らせる。

大声を出さなかったのは、ギリギリ残った理性の賜物だろうか？

同時に膣肉が収縮し、限界を迎えた淳也は「くうっ」と呻くなり、彼女の膣内に大量の精を注ぎ込んでいた。

第四章　肉宴のアパート

1

夏海と結ばれた翌日の土曜日、大学もアルバイトも休みだった淳也は、午前中に彼女に付き合って買い物へ出かけたりして、ちょっとしたデート気分を味わった。

もっとも、デート気分といっても本当にスーパーで買い物をしただけで、ろくに手も繋がないものであった。

せっかく恋人になり、さらに深い仲にもなったのだから、本来ならば手を繋いだり腕を組んだりしたかった。が、「今はまだ大学の人たちに関係を秘密にしたい」という夏海の言葉もあり、どうにか我慢したのである。

ただし、この言葉は彼女自身よりも淳也を気遣ってのものだった。

何しろ夏海は、ここまで交際の申し込みをすべて蹴り、「鉄壁」の異名を持っている。そんな女性が男と付き合い始めたとなれば、噂はたちまち大学中に広まるだろう。そして、彼女を見事に勝ち取った男子、つまり淳也は多くの男子学生からの羨望と嫉妬の視線に晒される恐れがある。

この恋人の言葉には、淳也自身も納得せざるを得なかった。そのため、彼女に言われたとおり、買い物中もあまりベタベタしないように心がけたのである。

また、夏海は昼食後、祖父のお見舞いに出かけたが、さすがにこれには付き添うわけにはいかなかった。そこで、淳也は部屋でゼミのレポートをやるなどして時間を潰したのだった。もっとも、夕べのことが頭の中で何度も再生されて、どうにも勉強に集中できなかったのだが。

(なんだか、まだ夢を見ているみたいだよ。夕べ、あの夏海さんと恋人になって、初エッチまでしちゃって……)

しかし、これは現実なのだ。

そう思うと、自然に頬が緩《ゆる》んでしまい、同時に彼女への思いと、今ここに最愛の相手がいない寂しさが湧き上がってくる。

童貞の頃に自室にいたら、この思いを我慢できずに自分で一発抜いていたかもしれない。だが、生の女体を知った今は、そんな気にはならなかった。

（どうせ射精するなら、夏海さんに出したいもんな）

淳也はそう考えて、どうにか昂りを抑え込んだ。

結局、夏海が病院から帰ってきたのは夕方になってからだった。

治郎の入院は、病気の手術をする前に、「まだ糖尿病ではないが一歩手前」と医者に指摘された高い血糖値を下げるためのものらしい。血糖値が高いと、免疫力が低下して手術後の感染症のリスクが増す。ましてや、高齢者であればなおのことである。

そのため、まずは正常値まで下げる必要があるのだ。

ただ、病院食や薬で血糖値は下がってきたものの、手術をするにはまだ高く、もうしばらく入院生活が続くらしい。

とはいえ、祖父を心配している恋人には申し訳ないが、淳也にとって治郎の入院が長引くのは僥倖《ぎょうこう》に思えてならなかったのだが。

帰宅した夏海は、部屋着に着替えるとすぐに夕食の支度に取りかかってくれた。

彼女が夕飯の準備をしている間、淳也はソファでテレビを見ながら待っていた。

しかし、夕べは初セックスのあと興奮が続いて、あまり眠れていなかった上に、恋人が近くにいる安心感もあったのだろう。淳也は、いつの間にか夢の世界に入り込んでいた。

（……ん？　なんか、チ×ポがムズムズして気持ちいいなぁ）

どれくらい時間が経ったのか、淳也は分身からもたらされる心地よさに気付いた。ペニスの下半分を柔らかな手が握り、生温かなものが亀頭から竿の半分くらいまでを包んでいる。そして、「んっ、んっ……」と小さな声と共に柔らかなものが竿をしごいて、もどかしさを伴《ともな》う快感が生じていた。

その感覚には、覚えがあった。

（これって、フェラされているときの……夢にしては、やけにリアルだけど……）

半分寝ぼけた状態でそんなことを思っていると、分身の上部が生温かな感触から解放された。しかし、下のほうの手で握られた感触は、まだ竿に残っている。

「ふはっ。はぁ、はぁ……こんなに大きいのが、わたしの中に全部入っていたなんてぇ……でも、本物のオチ×チンって、大きくなった姿もなんだか可愛らしい。やっぱり、わたしの初めてのモノだから、こんなことを思うのかしら？」

そんな、夏海の独りごちるような声が聞こえてくる。

（夏海さんの声……いったい、何を言って……んんっ？　ちょっと待て！　今の言葉は、まさか!?）

そこでようやく意識が覚醒状態になり、淳也は目を開けた。

そうして、下半身に目を向けてみると案の定、恋人の女子大生がソファに座ったままの淳也の足下に跪《ひざまず》いていた。

その手はズボンから出したペニスを握っており、亀頭は唾液《だえき》で濡れ光っている。

これだけで、彼女が何をしていたかは明らかである。

「な、夏海さん!?」

淳也は、素っ頓狂な声をあげていた。

恋人が自らフェラチオをしだすとは思ってもみなかったので、これは青天の霹靂《へきれき》と言ってもいいほどの驚きだった。

一度、真緒には早朝にされたことがあるものの、うっかり寝入っていたとはいえ今はまだ夕方過ぎである。ましてや、昨日処女を喪失したばかりの女性が自発的に肉茎に奉仕をするとは、さすがに予想だにしていなかったことだ。

「ひゃっ。淳也くん、目が覚めたんだ？」

夏海も、目を丸くして上擦《うわず》った声をあげて手を離す。おそらく、このタイミングで淳也が起きたのは、彼女にとって想定外だったのだろう。いや、そんなことを考える余裕すらなかったのかもしれない。

「あの～、これはいったい……？」

淳也が、そう疑問をぶつけると、

「あっ、うん。その……淳也くんが、気持ちよさそうに寝ているのを見ていたら、オチ×チンを改めて見てみたくなって……それで、こっそり出してちょっと弄ったら大きくなって……そしたら、なんだかお口でしたくなっちゃったの。ゴメンね、起こしちゃって」

と、夏海が申し訳なさそうに応じた。

「いや、別にそれはいいんだけど。夏海さんが、指示も出してないのにフェラしていたことにビックリしただけだし」

「それは……わたしも、男の子に興味がなかったわけじゃないし、その、ネットにあるエッチな動画とか漫画とかも見たことはあるから、えっと、せっかくだから本物を間近で見てみたくなって……」

「で、実物を近くで見てみたら、好奇心を我慢できなくなった、と？」

淳也が引き継いで訊くと、恋人は顔を赤くして小さく頷いた。

どうやら、彼女はペニスの匂いや味といったことへの興味を、ずっと抱いていたらしい。

「夏海さんって、目標にストイックな人だと思っていたけど、意外とムッツリスケベだったんだね？」

「もっ、もうっ。わたしだって、本当は我慢したかったわよっ。だけど、淳也くんの前では自分の気持ちに素直になろうと思ったから……恋人になったばかりなんだから、色々我慢できなくなるのは仕方がないでしょう？」

　こちらの指摘に、夏海がそう言って頬をふくらませる。

　そんな姿が、なんとも可愛らしく、そして愛おしく思えてならなかった。また、彼女の自分に対する深い思いが伝わってくる気がする。

「あはは……そういう意味じゃ、僕も同じかも。ここまでされたあとだと、もう我慢できそうにないや。ズボンを脱ぐから、続けてくれる？」

　と訊くと、夏海が恥ずかしそうに首を縦に振った。

　そこで、淳也はいったん立って、ズボンとパンツを脱いで下半身を露わにした。それから、改めてソファに座る。

「じゃあ、お願いするよ」

「う、うん……」

　見られていることを意識して、今さらのように緊張感が湧いてきたのか、夏海がやや表情を強張らせながら股間に顔を近づける。

「ああ、やっぱりすごく大きい……」

そう言いながら、彼女はおずおずと手を伸ばし、再び竿を優しく握った。そして、舌を出して先端部に這わせてくる。

「チロ……レロ、レロ……」

「くっ。それっ、いいよっ」

亀頭からもたらされた性電気の強さに、淳也はおとがいを反らしながら声をあげていた。

「んっ。ピチャ、ピチャ……チロロ……」

褒められたことが嬉しかったのか、夏海がやや表情を和《やわ》らげて、さらに先端を舐め回した。

しかし、ただ亀頭を舐めるだけで、どうやらそれ以外の部分が目に入っていない様子である。もっとも、淳也が寝ている最中にしていたとはいえ、初めてのフェラチオで頭が白くなってしまい、動画などで見て得た知識が吹っ飛んだ、というのは大いにあり得ることだ。

「ああ、夏海さん？　そこもいいけど、竿全体とか裏筋とかも舐めてくれると嬉しいんだけど」

　と、淳也がアドバイスを口にすると、彼女が舌を離した。

「ふはっ。竿とか裏筋？　あっ、そうか、そうよね。わたし、先っぽしか目に入って
いなかったわ」

　なんとも申し訳なさそうに、恋人がうなだれながら言う。

「初めてのフェラなんだから、仕方がないよ。さあ、やってみて」

　淳也が促すと、彼女は「うん」と頷き、竿に舌を這わせだした。

「レロ、レロ……ンロ、ピチャ……」

「ううっ。そうっ、その調子」

　もたらされた快感に、淳也はそう声を漏らしていた。

　もちろん、夏海の舌使いは敬子や真緒とは比べものにならないくらい稚拙《ちせつ》で、ただ
おずおずと舐めているだけである。しかし、恋人となった憧れの女性が初めての奉仕
をしてくれている、という事実とその姿だけで、興奮が煽られてやまない。

　すると、彼女が今度は裏筋を舐めだした。

「レロロ……チロ、チロ……」

「くうっ。それも、いいよ」

と、淳也が褒め言葉を口にすると、それだけで恋人が嬉しそうな表情を浮かべる。

「くっ……じゃあ、今度はまた咥えてくれる？」

「ピチャ、ピチャ……ふはっ。う、うん」

こちらの指示に、夏海が舌を離して頷いた。そして、口を大きく開けて一物をゆっくりと口に含んでいく。

ただ、先ほど一度は咥えていたこともあるのか、その動きに躊躇は感じられない。

(僕のチ×ポが、夏海さんの口に……ああ、なんだかまだ夢を見ているみたいだよ)

肉棒が生温かな口内に包まれていく感触に浸りながら、淳也はそんなことを思っていた。

ましてや、昨日の今日でのことなので、信じられない気分になるのも当然だろう。

しかし、カリを越えて陰茎の半分ほどを口に入れたところで、彼女は「んんっ」と声を漏らし、動きをピタリと止めてしまった。夢心地で感じたときもそうだったが、さすがにまだ経験者の二人ほどスッポリ咥え込むのは無理らしい。

ただ、それでも夏海は呼吸を整え、なんとかもっと深く咥えようとしているように見える。

「初めてのフェラなんだし、無理に奥まで入れようとしなくていいよ。それより、そのまま顔を動かして、またチ×ポを刺激して欲しいな」

そうリクエストを出すと、彼女は「んっ」と声をこぼしながら、ゆっくりと小さなストロークを始めた。

「ああ、それ……くっ。気持ちいい」

ペニスから性電気がもたらされて、淳也はそう口にしていた。

確かに、夏海の動きはなんともぎこちなく、ただ顔を動かし、唇で竿をしごいているだけである。ようは、「テクニック」と呼べるものなど、まったくと言っていいほど感じられないのだ。

しかし、それでも分身を咥えて刺激をもたらす恋人の姿を見ているだけで、淳也の中には充分すぎるくらいの興奮が湧き上がっていた。好きな相手にしてもらっているだけで、ここまで気持ちが昂るとは、いささか予想外と言うしかない。

ましてや、うたた寝をしている最中の無防備なときに、多少なりとも同じ刺激を受けていたのだ。そのせいだろうか、思っていたより早く先端に向かって熱いものが込み上げてくる。

「くうっ。夏海さん、僕もう出そう」

淳也がそう訴えると、彼女がペニスを口から出した。

「ふはつ。はぁ、はぁ……ねえ？　男の子って、お口に出すのと顔に出すのと、どっちがいいの？」

「それは、人によりけりだと思うけど」

「淳也くんは、どっちが好き？」

「僕は、どっちでもいいけど……今回は、顔に出させてもらえる？」

夏海の問いに、淳也はそう応じていた。

口内射精も顔射も、敬子と真緒の両方で経験済みで、それぞれに違った背徳感と興奮があることは知っている。ようするに、優劣などつけられないのだ。

そのため、淳也はこれまで女性の望みに合わせてきた。

しかし、夏海はこれが初めてのフェラチオである。そんな相手に口内射精を求めるのは、さすがに酷という気がしてならない。

(それに、夏海さんの綺麗な顔が精液で汚れたところも、見てみたいし)

そんな思いもあったが、それは口にしないで心にとどめておく。

「分かったわ。それじゃあ……レロ、レロ……」

と、夏海が亀頭を舐め回しだす。

もちろん、まだまだ稚拙だったがその舌使いは熱心で、恋人に気持ちよくなってもらいたい、という彼女の気持ちが伝わってくる気がした。

おかげで、我慢のゲージがたちまちレッドゾーンに突入してしまう。

「ううっ。もう、出る！」

そう口走るなり、淳也は恋人の顔面にスペルマを浴びせていた。

「ひゃあんっ！　出たぁ！」

と、夏海が悲鳴をあげて顔を背けつつも、白濁のシャワーを浴びる。

そうして、彼女の顔を汚した白濁液が頬から顎を伝って落ち、Tシャツにシミを作っていく。

やがて、射精が終わると夏海がペタン座りをして、淳也のほうを見た。

「はああ……これが精液ぃ……昨日より、匂いがすごく感じられてぇ。んっ。それに、顔もベトベトぉ。精液って、こんなに粘ついているんだぁ？」

とろけた表情を浮かべながら、彼女がそんなことを口にする。ただ、その口調からは、嫌悪の色がまるで感じられない。

もちろん、顔を背けていたため、汚れたのは顔の半分だけだった。が、それが逆になんとも言えない妖艶さを醸し出している気がしてならない。

そんな恋人の姿に、淳也の興奮はまったく治まることがなかった。

2

「ねえ？　わたしも身体の奥が疼いて、なんだか我慢できなくなってきちゃったぁ。淳也くんのオチ×チン、欲しいのぉ」

顔の精を拭い終えると、夏海が艶めかしく言った。

「えっ？　僕、愛撫してないけど？」

「そうだけどぉ、オチ×チンにしていたら、すごく興奮しちゃってぇ」

こちらの疑問の声に、彼女がそう応じる。どうやら、初フェラチオで想像以上に昂っていたらしい。

「じゃあ、このまま夏海さんが僕にまたがって、自分でしてくれる？」

淳也がリクエストすると、恋人は一瞬目を見開いたが、すぐに「うん」と頷いた。

そして、Tシャツとロングスカートを脱いで下着姿になる。

さらに、ブラジャーとショーツも脱いで全裸になり、彼女はソファに乗って淳也にまたがってきた。

確かに、その秘部はすっかり濡れそぼっていて、準備が整っていることが一目で分かる。

「こ、これ、なんかすごく恥ずかしい……」

顔を近づけると、夏海が頬を赤く染めながらそんなことを口にした。

もっとも、こちらも対面座位は初めてなので、恋人の気持ちがよく分かった。

正常位でも顔を近づけられるが、椅子に座っていると自然に接近するせいか、いちだんと恥ずかしさが湧き上がってくるのである。

「でも、そのままチ×ポを挿入して」

平静を装って淳也が促すと、夏海はおずおずと一物を握った。そして、先端部と秘部の位置を合わせる。

「うう……自分で挿れるなんてぇ」

そう言いながらも、彼女はゆっくりと腰を降ろしだした。

「んんんっ！　はっ、入って……来たぁ！」

おとがいを反らしながら、夏海が甲高い声をあげる。

しかし、彼女はそのまま腰を降ろし続け、遂に淳也の太股にヒップが当たって動きが止まった。

「んはあぁ……はぁ、はぁ、入ったぁ……淳也くんの、奥まで届いてるよぉ」

夏海が、今にもとろけそうな声で、そんなことを口にする。

「痛くない？」

「んっ。痛みは、ほとんどないわ。まだ、内側を押し広げられて、ちょっと苦しい感じはあるけど」

淳也の問いに、彼女が笑みを浮かべて応じた。

こうして見た限り、特に我慢をしているようには思えない。

「じゃあ、僕の肩に手を置いて、自分で腰を動かしてみてくれる？　無理しないでいいから、動ける範囲でね」

「う、うん。分かった」

こちらの指示に恥ずかしそうに応じて、夏海が肩に手をかけた。そして、膝のクッションを使っておずおずと腰を動かし始める。

「んっ、あっ、あんっ！　これっ、はうっ、奥っ、あんっ、届くのっ！　あうっ、はあっ、あんっ、あっ……！」

たちまち、恋人が艶めかしい喘ぎ声をこぼしだす。

「痛みは大丈夫？」

「あっ、んっ、ほとんどっ、んあっ、気持ちいいのがっ、あんっ、強くてぇ！　はあっ、あんっ……！」

念のための問いに対して、彼女は腰を動かしながらそう応じた。

(どうやら、本当に大丈夫みたいだな)

淳也は、内心で胸を撫で下ろしていた。

何しろ夏海は、夕べ破瓜を迎えたばかりである。実は彼女に無理をさせていたら、さすがに申し訳ないところだったが、この表情や言葉のを額面どおりに受け取る限り杞憂《きゆう》だったらしい。

「あっ、あんっ、はあっ、いいっ！　あんっ、オチ×チンっ、あうっ、いいのっ！　はあっ、んはっ、あっ、あっ……！」

喘ぎながら腰を振る恋人の動きが、少しずつ速くなってきた。おそらく、行為に慣れてきたことで、いっそうの快感を求める気持ちが強まってきたのだろう。

「はあっ、淳也くんっ、あんっ、いいのぉ！　あんっ、もっと、んはああっ、もっとお！　はうっ、あっ、あんっ……！」

と、夏海がキツく抱きつき、腰の動きをさらに大きく速くする。

(おおっ。夏海さんのオッパイが、胸で潰れて……)

既に手で感触を堪能しているが、こうして押しつけられると、やはりまた違った感動が湧き上がってくる。

何より、彼女の喘ぎ声が耳元で聞こえているのが、興奮を煽ってやまない。

(よし。もっと、気持ちよくしてあげよう)

そう考えて、淳也は恋人の首筋に舌を這わせた。

「レロ、レロ……」

「ひゃうんっ！　そこっ、ああっ、今はっ、きゃんっ、ダメぇ！　あうっ、おかしくっ、ひうっ、なるぅぅ！　ああーっ！　はうっ、あんっ……！」

弱点を責められるなり、夏海が甲高い声をあげた。

同時に、膣肉のうねりが増してペニスにもたらされる性電気が強まる。先に一発出していなかったら、この時点で確実に暴発していただろう。

「はあっ、それっ、やんっ、ああっ、首はっ、あんっ、ダメって、ひゃうっ、言ってぇ！　やあっ、来ちゃうのぉ！　んはっ、ひゃううっ……！」

夏海の声のトーンが、いっそう跳ね上がった。

その様子から見て、絶頂が間近に迫っているのは間違いあるまい。

もっとも、淳也のほうもジッとしていることに、そろそろもどかしさを覚えていた。

「夏海さん？　このまま、僕も動いていい？」

「はあっ、うんっ、ああっ、いいよぉ！　んはっ、してぇ！　あんっ、一緒にっ、はうっ、イキたいのぉ！」

首筋から舌を離して訊くと、彼女が腰を動かしながら応じてくれる。

そこで、淳也は恋人の腰に手を回し、ソファの弾力を利用して突き上げるように抽送を始めた。

「はあーっ！　あんっ、奥っ、あんっ、届いてるぅ！　んあっ、すごいのっ、あんっ、これっ、ふああっ、すごいのぉぉ！　あんっ、はああっ……！」

夏海がおとがいを反らし、歓喜の声をあげる。同時に、彼女の腕にいっそう力がこもって乳房が胸で潰れる。

そうして、お互いの動きがシンクロすると、さらに結合部からの快感が増大していく気がした。

（くうっ。こっちも、さすがに限界かも）

淳也は、自分の中で射精へのカウントダウンが始まるのを感じていた。

膣肉から分身を通してもたらされる快感はもちろんだが、恋人の喘ぎ声を耳元で聞き、胸にバストを押しつけられているのだ。この状況で、牡の本能の高まりを我慢などできるはずがない。

「ううっ。夏海さん、出すよ？　また、中に出していい？」

「ああっ、いいよっ！　あんっ、中にっ、はううっ、いっぱいっ、あんっ、ちょうだぁい！　ああっ、わたしもっ、あんっ、イクッ！　はああっ、イクのぉ！　んくううううううぅぅぅぅぅぅぅぅぅ!!」

と、夏海が天を仰いで全身を強張らせる。

同時に、膣肉が妖しく蠢いて肉棒に新たな刺激がもたらされる。

そこで限界を迎えた淳也は、「くうっ」と呻くなり彼女の中に出来たての精を注ぎ込んだ。

「んはああ……出てるぅ……熱いの、中にいっぱぁい……温かくて、幸せぇ……」

抱きついて身体を震わせながら、夏海がそんなことを口にする。

そうして、射精が終わってからも、二人はしばらくそのままでいた。

「夏海さん、好きだよ」

「うん。わたしも、淳也くんのこと、大好きぃ」

繋がって抱き合ったまま思いを口にすると、結びつきがいっそう深まった気がする。

(ああ、本当に幸せだなぁ)

そんなことを思った途端、淳也の腹の虫がグウッと音を立てた。

そういえば、夕食の前に行為を始めてしまったのである。

「あっ、ごめんなさい。晩ご飯の準備、もうできているんだった。ちょっと温め直さないといけないけど、すぐに用意するから」

そう言って、夏海が腰を持ち上げてペニスを抜く。

すると、股間から白濁液がこぼれてきた。

「やんっ、これ……先に、シャワーを浴びてくるわね」

と恥ずかしそうに言って、彼女はテーブルの上のボックスティッシュを取って秘部を拭きだす。

（こうしていると、なんだか本当にラブラブな新婚カップルみたいだなぁ）

夏海を見ていると、ついそんな思いが湧いてきて、淳也はなんとも言えない幸福感に浸るのだった。

3

金曜日の朝、資源ゴミを出すために、淳也はメゾネットを出てゴミ集積場に向かった。すると、私服姿の敬子とスーツ姿の真緒が立ち話をしているのが目に入った。

二人の姿を見ただけで、心臓が大きく飛び跳ねる。

ここ一週間は、彼女たちと顔を合わせていなかったため、やけに久しぶりな気がしてならない。

（どうしよう？　しばらく隠れて、やり過ごそうかな？）

という考えが浮かんだものの、淳也はすぐに思い直した。

（いや、夏海さんとの関係を、敬子さんと真緒さんに秘密にしておくわけにはいかないな。ちゃんと、恋人になったことを話すべきだろう）

普通ならそんな義理はないところだが、何しろ二人にはさんざんいい思いをさせてもらったし、夏海の件では背中を押してもらったのだ。したがって、関係の進展について報告をするのが筋というものだろう。

また、淳也は敬子と真緒との今後の関係を断つ決意を固めていた。

もちろん、彼女たちの素晴らしい肉体を味わえなくなることに、名残惜しさがまったくない、と言ったら嘘になる。

しかし、恋人ができたのに他の女性と肉体関係を持ち続ける度胸を、淳也は持ち合わせていなかった。そこまで節操なしになったら、さすがに夏海だけでなくこの二人にも悪い気がする。

そこで、ゴミ袋を持ったまま近づいていくと、真緒が先にこちらに目を向けた。

「あら、淳也？　おはよう」

「おはよう、淳也くん。今日もゴミ出し、ご苦労様」

敬子も振り向いて、にこやかに挨拶をしてくる。

「お、おはようございます、真緒さん、敬子さん」

こうして改めて顔を合わせると、自然に緊張感が湧き上がってきた。

同時に、せっかくの決意が鈍ってしまう。

（うう……なんて言えばいいのかな？「僕、夏海さんと付き合うことになりました」と言って、それから「だから、もう二人とはエッチしません」って宣言する？　いや、だけどそれは傲慢《ごうまん》な気が……）

そんな迷いが湧いてきて、どうにも言葉を続けられない。

ところが、先に口を開いたのは真緒だった。

「ちょうどよかった。淳也？　部屋の修理、予定だと今日明日くらいに終わるって話じゃなかった？」

「あ、そうですね。けど、床下地材の調達が遅れているそうで、まだ少し時間がかかるらしいです」

夏海との関係について問い詰められるのではないか、という危惧《きぐ》も抱いていただけに、部屋の話題から入ってこられたのは、いささか予想外である。

淳也の返答に対して、美人ＯＬは意味深な笑みを浮かべながら言葉を続けた。

「じゃあ、もうしばらくメゾネットにいるんだ？　だったら今夜、夏海ちゃんも交えて話をしたいんだけど、時間は大丈夫？」

「へっ？　あ、えっと、夏海さんは夕方には授業が終わったら、すぐに帰宅するって。僕は、授業のあとアルバイトがあるから、帰りは二十時頃になると思いますけど」

予想もしていなかった真緒の言葉に、淳也は困惑を隠せないまま素直にそう応じていた。

「オッケー。あたしも、だいたい二十時前には帰れるはずだし……敬子さんは、十八時頃に上がりでしたっけ？」

「そうね。それに、愛奈が期末テストの勉強会をするから今夜はお友達の家に泊まるって言っていたし、時間の問題はないわ」

話を振られた未亡人が、戸惑う様子もなく応じる。

「じゃあ、淳也？　夏海ちゃんにも、二十時頃にあたしたちがメゾネットに行くって伝えておいてくれる？」

「は、はい。分かりました」

「それじゃ、あたしはそろそろ会社に行くから。あとでね」

そう言って、真緒は手を振って歩きだした。

「わたしも、出勤の準備をしなきゃ。じゃあね、淳也くん」

と、敬子もあっさり部屋に戻っていく。

少し前はベタベタしてきたのに、この変わりようはどういうことなのだろう？

（そもそも、夏海さんも交えての話って、なんなんだ？　もしかして、夏海さんに自分たちが僕とエッチしたことをバラすつもり？　でも、それならもう僕から打ち明けているから、影響はほとんどないし……だけど、何か違う話だとしたら、いったいなんなんだろう？）

そんな疑問を抱きながら、淳也は資源ゴミを出してメゾネットに戻った。そして、朝食の準備を終えていた夏海に、二人からのメッセージを伝える。

「……というわけなんだけど、大丈夫？」

「うん。でも、お話ってなんなのかしら？」

彼女も、やや不安そうに首を傾げた。

「多分、僕たちの関係の進展を訊きたいだけじゃないか、と思うんだけど。二人には、アドバイスをもらったりしたから、ちゃんと報告したほうがいい、と僕は思っている。

夏海さんは、どうかな?」

「そうねぇ……確かに、篠塚さんと羽鳥さんには、わたしたちのことを秘密にしていても仕方がないし……近所に吹聴して回るような人たちでもないから、正直に話しておいたほうがいいかもしれないわね」

やや考え込んでから、夏海も同意してくれた。

何しろ、淳也と二人の美女との関係は、夫婦や恋人といったものではない。つまり、自分が他の女性を選択したとしても、文句を言われる筋合いはないのだ。

「ゴメン、夏海さん。なんか、勉強の邪魔をしちゃうみたいで」

「ううん、気にしないで。だいたい、今は家にいたら勉強よりも、淳也くんとイチャイチャしたくなっちゃって、あんまり集中できないし」

頬を赤らめながら、彼女がそんなことを口にする。

自分の気持ちに素直になった夏海だったが、決して淳也との関係を優先して、中学時代からの「教師になる」という目標を捨てたわけではなかった。

彼女は、これまで「無理」と思ってきた恋愛と目標の両立を図《はか》ることを決め、これまで以上に努力することを決めたのである。

そんな恋人を、淳也は可能な限り支えようと思っていた。もっとも、一緒にいるとついエッチをしてしまうので、実は勉強の邪魔をしているだけなのではないか、という申し訳なさも若干は感じてはいるのだが。

それだけに、夏海にますます余計な心配をかけてしまうことは、いささか心苦しく思える。

加えて、先ほど去り際に真緒と敬子が見せた謎めいた表情が、淳也はどうにも気になって仕方がなかった。

4

ほぼ二十時に、アルバイトを終えた淳也がメゾネットに戻り、出迎えてくれた恋人とリビングに行くと、既に私服姿の敬子と真緒が並んでソファに座っていた。

テーブルには、ガラスのコップに入った三人分の麦茶が出ているが、まだ氷もほとんど溶けておらず、量もあまり減っていない。二人の美女が来てさほど時間が経っていないのは、そのことからも明らかだ。

「おかえり、淳也」

「おかえりなさい、淳也くん」

こちらの顔を見るなり、真緒と敬子が声をかけてきた。

「た、ただいま」

「淳也くん、すぐに麦茶を用意するから、座って待っていて」

そう言って、夏海がキッチンに向かう。

淳也が、恋人の席の隣に腰かけると、間もなく彼女が麦茶の入ったコップを持って来て前に置き、改めて着席した。

それからしばらく、誰も口を開かず沈黙がリビング内を支配した。

（な、なんか変な空気だな……）

そんなことを思いながら、ひとまず麦茶を飲む。

室内に冷房がかかっているとはいえ、蒸し暑さが残る外から戻って来たばかりである。氷が入った麦茶の冷たさが喉から胃に向かっていき、身体の熱を内側から冷ましていくのが、はっきりと感じられた。

「さて、淳也が一息ついたところで……」

と、真緒が切り出した。

いったい何を言い出すのか、と淳也は固唾を飲んで彼女を見る。

「まずは、二人とも思いが通じ合っただけじゃなく、しっかり深い仲になったみたいで、おめでとう」

美人ＯＬの予想外の言葉に、淳也と夏海は揃って「はっ？」と素っ頓狂な声をあげていた。

「何、その反応？　あたしたちが、二人のことに気付いていないと思っていたの？」

呆れたように、真緒が言う。

「あ、あの、いつから気付いて……？」

淳也が、驚きのあまり声を上擦らせながら訊くと、

「もう。一週間前に淳也くんを励ましたときから、そうなることは予想がついていたわよ。キミは、わたしたちとのことを黙っていられる性格じゃないし、夏海さんはけっこう負けん気が強いじゃない？　そこまで分かっていたら、何が起きるか想像するのは大して難しくないわ」

と、今度は敬子が答えた。

「それに、実はあたし、先週の土曜日に二人が出かけるところを、たまたま見かけたのよねぇ。あのときの夏海ちゃんの歩きにくそうな様子を見て、何があったか分からないのは、性的な知識がない人くらいじゃないかしら？」

巨乳の美人ＯＬも、肩をすくめながら言葉を続ける。

（ま、まさか、ここまで二人に見通されていたなんて……）

こちらとしては、懸命に関係を隠していたつもりだったのだが、人生経験に勝る相手にはまったく通用していなかったようである。

「そ、それじゃあ、お二人の話っていったいなんなんですか？」

今度は、夏海が恐る恐る口を開いた。

実際、それは淳也も抱いていた疑問である。ここまで看破していて、今さら話すことなどあるのだろうか？　もしかしたら、何かとんでもない要求をされるのではないか、という不安が心をよぎる。

すると、真緒と敬子が目を合わせて頷き合った。そして、美人ＯＬが夏海のほうに身体を乗り出すようにして改めて口を開く。

「あのね、別に二人の仲を裂くつもりはないんだけど、淳也にはたまにあたしたちの相手をして欲しいのよ」

予想の斜め上のリクエストだったからか、彼女の言葉に夏海が「えっ!?」と目を丸くして絶句した。

もっとも、この反応も仕方があるまい。淳也にしても、まったくの予想外の要望だったのだ。

「ちょっ。ま、真緒さん、いったい何を言い出して……？」

さすがに横から口を挟もうとすると、今度は敬子がそれを手で制止した。

「淳也くん、ちょっと待ってね。夏海さんは、初めてが淳也くんだから比較対象がいないけど、わたしたちは他の男性を知っているでしょう？　正直、彼のオチ×ポはすごく気持ちよくて、わたしも久しぶりに『女』に戻れた気がしたの。このまま、もう淳也くんとエッチできなくなるなんて、あまりにも勿体なさ過ぎるわ」

「そういうこと。本当は、身を引くべきだと分かっているんだけど、あたしも、もっと淳也としたいって気持ちが抑えられなくなっているのよ。だから、つまみ食い程度でいいから、たまに相手をしてもらいたい、と思ったわけ。とはいえ、夏海ちゃんに内緒だと淳也も気分がよくないだろうし、きちんと許可をもらって揉めないようにしようって、敬子さんとも相談したのよ。ねっ、夏海ちゃん？　いいでしょう？」

未亡人のセリフを引き継いで、真緒がそんなことを言う。

一方の夏海は、まだ二人からの予想外のリクエストによる混乱から立ち直れていないらしく、絶句したまま固まっていた。

もっとも、恋人の男と先に関係を持っていた女性たちから、「たまにエッチをしたいから彼氏を貸して」と言われて、冷静さを保てる人間などそうそういないだろうが。

すると、真緒と敬子が目配せをして立ち上がった。そして、美人ＯＬが恋人のソファの後ろに回り込み、未亡人が前に立つ。

夏海はと言うと、呆気に取られた顔で敬子を見ているだけだ。

その隙を突いて、真緒が夏海のバストを服の上から鷲掴みにした。それから、すぐに揉み始める。

「ひゃんっ！　ちょっと、羽鳥さん!?」

と、夏海が素っ頓狂な声をあげ、身体をよじらせようとする。

だが、その前に今度は敬子が彼女の両頬に手を当て、顔を近づけ唇を奪った。

「んんんっ!?」

まさか、こんなことをされるとは思ってもみなかったらしく、夏海が目を大きく見開いてくぐもった声を漏らす。

もっとも、それは淳也も同じだった。あまりにも予想外の展開だったため、二人の行動を制止もできず、ただ目を丸くして見ていることしかできない。

「んっ。んぐ、んむ……」

敬子が声を漏らし、キスを続けた。

夏海の頬が手で隠されているため、はっきりとは分からないが、漏れ聞こえる声や粘着質な音から考えて、舌を絡めているのは間違いあるまい。

（な、なんか、すごくエッチだ……）

もちろん、淳也もここにいる全員とディープキスは経験済みである。しかし他人が、ましてや女性同士がしているのを見るのは、なんとも妙な感じであり、普通とは異なる興奮が湧いてくるのを抑えられない。

夏海は硬直したまま、抗《あらが》う様子すら見せなかった。おそらく、完全に思考が停止してしまったのだろう。

その隙を突いて、真緒が女子大生のシャツをたくし上げ、飾り気のない白いブラジャーを露わにした。

「あらあら。こういうの、真面目な夏海ちゃんらしいけど、女の子なんだからもう少し下着にも気を配ったほうがいいんじゃない？」

からかうように、巨乳ＯＬが言う。

すると、それに合わせるように敬子がようやく唇を離した。

「ふはあっ。はぁ、はぁ……」

口を解放された夏海が、大きく息をつく。しかし、真緒の言葉に反論する様子はなかった。おそらく、年上の店子二人による唐突な行動に混乱して、そんな頭も回らないのだろう。

一方の敬子は、唇を離すとすぐこちらに移動した。そして、顔を近づけてくる。

みるみる未亡人の顔が接近し、その唇が淳也の唇に重なった。

「んっ。んじゅる……んじゅ、じゅぶ、んむっ……」

キスをするなり、敬子は淳也の口内を舌で蹂躙《じゅうりん》し始めた。そうして舌を絡みつけられると、接点から得も言われぬ心地よさがもたらされる。

さらに、情熱的な舌使いによって、牡の本能が半ば強制的に刺激されてしまう。

ひとしきり舌を絡めると、彼女がようやく唇を離した。

「ふはあっ。ふふっ、淳也くん？　夏海さんにキスした唇で、キスをされた気分はどうかしらぁ？　舌にも、夏海さんの唾液が混じっていたと思うけど？」

妖しい笑みを浮かべて、敬子が訊いてくる。

だが、予想外の出来事の連続で淳也も頭が真っ白になってしまい、彼女の問いに答えることができなかった。

とはいえ、そこは人生経験に勝る未亡人である。

「まぁ、答えはいちいち聞かなくても、淳也くんのそこを見れば明らかだけど」

と、彼女は股間を見つめながら楽しそうに言った。

実際、恋人と二人の巨乳美女の絡みを見ていただけで、本能的な興奮を覚えていたのである。それに加えて、キスで直接性欲を刺激されたため、分身はズボンの奥ですっかり体積を増していた。

「あっ、ふあっ！　そこっ、やんっ……！」

隣から、夏海の喘ぎ声が聞こえてきた。

目を向けると、いつの間にか真緒が彼女のブラジャーをたくし上げ、乳房をじかに揉みだしていたのである。

その光景に、淳也は思わず目を奪われてしまう。

すると、今度は股間から心地よさが生じて、慌てて目を向けると、敬子がズボン越しに一物を撫で回していた。

「うふふ……淳也くんのオチ×チン、もうこんなに硬くなってぇ。ズボンの上からでも、たくましいのがよく分かるわぁ」

と、未亡人が手を動かしながら、顔を上げて艶めかしく言う。

その妖艶さに胸が高鳴り、淳也は呆然としたまま彼女の行為を制止することを完全に忘れていた。

5

「ふふっ。やっぱり、淳也くんのオチ×チンは立派ねぇ」

ズボンの前を開けて、パンツの奥から勃起を取り出した敬子が、舌なめずりをしそうな笑みを浮かべながら言う。

そして、彼女は一物を優しく握り角度を調整すると、

「ああ、これよぉ。このたくましいモノが、欲しくてぇ。レロ、レロ……」

と、すぐに舌を這わせだした。

おかげで、鮮烈な性電気が脊髄を貫いて、淳也は思わず「はうっ」と声をあげてのけ反っていた。

「あっ。敬子さん、ズルイ。あたしも、淳也のオチ×ポにしたいのに！」

夏海の愛撫をしていた真緒が、そんな文句を口にする。

「ふはっ。あとで代わってあげるから、真緒さんは夏海さんの愛撫を続けてちょうだい。あーん」

いったん舌を離してそう応じると、未亡人は口を大きく開けた。そして、ペニスを

深々と咥え込む。

「んむうう……んぐ、んぐ、んむむ……んっ、んじゅ、じゅぶる……」

根元近くまで口に含むと、彼女はすぐにストロークを始めた。

「ああっ、あんなに深くぅ！　あんっ、そのオチ×チンッ、んはっ、わたしのぉ！　あぁっ、オッパイッ、やんっ、はううっ……！」

胸を愛撫されながら、夏海がこちらを見てなんとも切なそうな声を漏らす。嫉妬を隠しきれない様子が、今の言葉からも痛いくらいに伝わってくる。

実際、分かっていたことだが、敬子の動きの大きさは、まだフェラチオに慣れきっていない恋人の比ではなかった。当然、行為でもたらされる刺激も段違いだ。

「んむっ、んぐ……ぷはっ。チロロ……」

と、未亡人がいったんペニスを口から出し、今度はカリを舐め回しだす。

(はうっ！　こ、これは……やっぱり、敬子さんのフェラは気持ちいい！)

淳也は、彼女の奉仕に翻弄されながら、いつしか分身からの甘美な快感に酔いしれていた。

そうして、ひとしきりネットリと陰茎を舐めると、敬子が舌を離した。

「ふはあっ。じゃあ、真緒さん？　そろそろ交代しましょう」

「了解。ああ、やっと淳也のオチ×ポをまた味わえるわぁ」

未亡人の言葉で、真緒が女子大生への愛撫の手を止めて言う。

その夏海はと言うと、虚ろな目で「はぁ、はぁ……」と肩で息をしていた。与えられた快感と、愛撫が止まった安堵とが入り混じって、すっかり放心状態になっているらしい。

すると、敬子が彼女の前に移動し、それに合わせて美人ＯＬが淳也の前に跪いた。

「はぁ、これよぉ。このおっきなオチ×ポぉ。あむっ」

と、真緒は手で竿を握るや、敬子の唾液にまみれた一物を躊躇することなくパックリと咥え込んだ。そして、すぐにリズミカルなストロークを始める。

「んっ。んむっ、んっ、んっ……」

「ふあっ。それっ、くうっ……」

ペニスからもたらされた快感に、淳也は思わず声を漏らしていた。

先に刺激されていたこともあるだろうが、巨乳ＯＬの巧みな口技によって生じる性電気の強さは、敬子に勝るとも劣らない。

「真緒さんったら、あんなに美味しそうにオチ×チンを咥えて……ふふっ。まぁ、こっちはこっちで、愉しませてもらうとしましょうか？」

そう言って、未亡人が夏海を見つめる。

「はぁ、はぁ……し、篠塚さん、もうこれ以上はぁ……」

夏海が、絞り出すように声をあげる。

「もう。いつまで他人行儀なの？　ここまでしているんだから、名前で呼んでいいわよ。レロロ……」

と、敬子が既に屹立していた彼女の乳首に舌を這わせる。

「はぁんっ、そんなっ……やっ、はうんっ、ああっ……！」

乳頭を刺激されて、夏海が甲高い声をあげる。

そんな恋人の声と表情が、真緒の奉仕と相まって淳也の興奮を煽ってやまない。

「レロ、レロ……ところで、夏海さんはどこか弱いところがあるのかしら？」

いったん舌を離して、敬子がそんなことを言う。

すると、夏海がそっぽを向いて口をつぐんだ。さすがに、自分の弱点を教える気はないらしい。とはいえ、顔を背ければ否応なく首筋を晒すことになるのだが。

もっとも、淳也としても恋人の弱点を軽々に教える気にならず、美人ＯＬのフェラチオでもたらされる心地よさに浸っていた。

「二人とも教える気はない、と。ま、いいわ。自分で探すから。レロ、レロ……」

そう言って、敬子が夏海の耳の裏を舐めだした。

「んっ、そんっ……やっ……」

弱点に近いところを責められているからか、夏海が身体をよじらせて未亡人の舌から逃れようとする。しかし、その行動は経験豊富な相手には逆効果でしかない。

「このあたりも、意外に敏感みたいね。だとすると……レロロ……チロ、チロ……」

と、敬子が愛撫の位置を少しずつ下げていった。そして、首筋に舌を這わせる。

「ひゃんっ！　そこっ、ダメなのぉ！」

途端に、夏海が悲鳴のような声をあげて、おとがいを反らす。

「なるほど。夏海さんは、首筋が弱いのね？　じゃあ、教えなかったおしおきに、いっぱい舐めてあげる。レロ、レロ……」

そう言って、未亡人がさらに首筋を舐めだした。

「ひあっ、ああっ！　それっ、やんっ、そこぉ！　はあっ、やっ、すぐにっ、はうっ、おかしくなっちゃうのぉ！　ああっ、はあんっ……！」

夏海が、喘ぎながら懸命に訴える。弱点を責められて、快感をまったく堪えられなくなっているらしい。

（僕以外の人に弱点を知られて、夏海さんが感じさせられているのは、ちょっと悔し

いけど、こうやって見ると本当に色っぽいなぁ）

肉棒からもたらされる快楽に浸りながら、淳也はそんなことを思っていた。

できることなら、恋人の弱点は二人だけの秘密にしておきたかったが、海千山千の未亡人が相手では仕方があるまい。それに、彼女を愛撫しているのが男性だったら怒りや嫉妬心が湧き上がっていたかもしれないが、女性がしているためそういう思いは意外なくらいなかった。

「んむ……ぷはっ。淳也のオチ×ポ、お口の中でビクビクしてぇ。もう。夏海ちゃんが感じているのを見て、興奮しているんでしょう？　この変態」

肉棒を口から出して、真緒がからかうように指摘してくる。

図星だが素直に認めるのも悔しく、淳也が沈黙を守っていると、

「ふふっ。カウパーが溢れてきて……舐めてあげるわねぇ。チロ、チロ……」

と、巨乳の美人ＯＬが先端から出てきた先走り汁を舐め取りだした。

すると当然、敏感な縦割れの唇も刺激される。

「ふあっ！　真緒さんっ。くうっ、そこをそんなに……ううっ」

もたらされた快感の大きさに、淳也は我ながら情けない声をあげていた。

既に、腰の奥には熱いものが込み上げてきており、このまま続けられたらあっとい

う間に限界に達してしまうだろう。

「はああっ、あんっ、もうっ。んはあっ、わたしもぉ！　あんっ、淳也くんのっ、あっ、オチ×チンにぃ！　ああんっ、してあげたいのぉ！」

未亡人の首筋への愛撫に喘ぎながら、夏海がそんなことを口にする。

どうやら、牝の本能に支配されたか、あるいは二人の巨乳美女への対抗心が理性を上回ってしまったらしい。

「レロロ……じゃあ、今度は夏海さんが淳也くんにしてあげる番ね？」

舌を離して、敬子が優しく言う。

「ピチャ……むうっ。物足りないけど、仕方がないわねぇ」

と、真緒も渋々という様子ながらペニスから舌を離し、手も離して横にどく。

敬子が前からどくと、夏海が身体を反転させて淳也の前に跪いた。そして、ウットリした表情で唾液にまみれた肉茎を見つめる。

「はぁ、淳也くんのぉ。レロ、レロ……」

陶酔した声を漏らしながら、彼女は竿を握るなりすぐに先端に舌を這わせだした。

すっかり出来上がっているせいか、他人に見られているというのに躊躇する素振りがまったくない。

「ピチャ、ピチャ……んはっ。他の人の唾液がついているの、変な感じぃ。ンロ、ンロ……」

声を漏らしつつ、夏海がこれまでにないくらい積極的に肉棒を舐め回す。

今の言葉から考えて、先にフェラチオをしていた二人への対抗心があるのは間違いあるまい。

（ううっ。気持ちいいけど、やっぱりなんかまだイマイチ感が……）

彼女の奉仕で快感を得ながらも、淳也はついそんなことを思っていた。

何しろ、敬子と真緒にされた直後である。そのぶん、行為に不慣れな恋人の舌使いの拙《つたな》さがより強く感じられて、射精に向けて盛り上がりつつあった快感ゲージの上がり方が鈍ってしまう。

ただ、それを指摘するのは申し訳ない気がして、どうにも言葉が出てこない。

「夏海ちゃん、もっと舌使いを工夫したほうがいいわね。先っぽを舐めるときも、舌の先だけ使ったりベロの部分を使ったりして、刺激に変化をつけるの」

こちらの気持ちを察したらしく、真緒が横からアドバイスを口にする。

「ふはっ、刺激に変化……レロ、レロ……チロロ……」

と、夏海がやや困惑した表情を浮かべながら、舌の動きを変えだした。

「はううっ！　そ、それっ、くううっ！」

鮮烈な性電気が脊髄を貫き、淳也はおとがいを反らして声をあげていた。

もちろん、舌使いはまだ拙《つたな》い。だが、刺激に強弱がつくことで、快感が一気に増大した気がする。

「ああっ！　僕、そろそろ……」

ここまでに充分な刺激を受けていたこともあり、淳也は込み上げてきたものを堪えきれずにそう口走っていた。

「じゃあ、最後は三人でしましょう」

と言って、敬子が夏海の横に跪いた。

さらに、真緒も反対側からペニスに顔を近づけてくる。

「レロ、レロ……」

「チロロ……ンロ、ンロ……」

「ピチャ、ジュル……レロロ……」

「ふああっ！　そ、それはっ……くはあっ！」

敬子と夏海と真緒の舌がペニスに這った瞬間、淳也はあまりにも強烈な刺激にのけ反りながら、切羽詰まった声をあげていた。

一人のフェラチオでも充分な快感だったが、さらに二枚の舌が加わることで、もたらされる性電気が単純に三倍どころかもっとふくれあがった気がする。

何より、三枚の舌が思い思いに肉棒を這い回る感触が、天井なしの快感信号を脳に送り込んでくるのだ。

加えて、美女たちが頬をくっつけんばかりにペニスに群がって舌を這わせている姿が、視覚からも興奮を煽ってやまない。

おかげで、高まっていたものが一気にレッドゾーンに達してしまう。

「ううっ！　もう出る！」

たちまち我慢の限界を迎えて、淳也はそう口にするなり三人の顔に向けてスペルマを発射した。

「ああっ！　ザーメン、出たぁ！」

「はあんっ！　すごぉい！」

「きゃんっ、すごい勢い！」

敬子と真緒と夏海が、頬を寄せ合ったまま悦びの声をあげ、目を閉じながら顔に白濁のシャワーを浴びる。

そんな彼女たちの姿に、淳也の興奮はまったく収まる気配を見せなかった。

6

「わたし、久しぶりすぎてもう我慢できないわぁ。ねえ、淳也くぅん？　早くオチ×チンをちょうだぁい」

顔の精を処理し終えて服を脱ぎ捨てると、敬子が真っ先に艶めかしく訴えてきた。三日目以降、ご無沙汰だったために、性欲がすっかり暴走状態になっているらしい。

「あんっ。敬子さん、また抜け駆けぇ。淳也ぁ。あたしも、我慢できないのぉ。早く、そのそそり立ったモノを挿れてちょうだぁい」

同じく全裸になった真緒も、潤んだ目で求めてくる。

「もう。淳也くぅん。わたしの恋人でしょう？　だったら、最初にしてよぉ」

と、夏海までが対抗するように言った。

どうやら彼女も、性欲が羞恥心を完全に上回ってしまったらしい。

(ど、どうしよう？　誰を最初にしたら……？)

エロ漫画などでは目にしていた４Ｐの本番行為だが、現実に三人から求められて淳也は、困惑を禁じ得なかった。

ここまでされた以上、もはや本番に雪崩《なだ》れ込まずに逃げ出す、という選択はあり得ない。と言うより、セックスの心地よさを知っている牡の本能に逆らえなくなった、と言ったほうがいいのだろう。

ただ、同時に三人の女性から挿入を希望されると、さすがに優先順位に悩まずにはいられなかった。

特に今の状況だと、誰と最初にしても角が立ちそうな気がしてならない。

（こういうとき、漫画だとまとめてローテーション突きとかしていたけど……）

だが、今の自分のレベルでそんな器用な真似ができるとは思えなかった。二兎どころか三兎を一度に追っても、全員を満足させるのは難しい。それどころか、中途半端《はんぱ》になって全員揃って欲求不満を募らせる結果にしかならないのではないだろうか？

そう考えると、波風を立てない方法は絞られてくる。

「ん～……分かりました。じゃあ、今、求めて来た順番でしましょう」

と淳也が口にすると、未亡人がパッと顔を輝かせた。

「嬉しいわ。ねえ、早くちょうだぁい」

そう言って、彼女が床に寝転んで脚をM字に広げる。

彼女のそこは、既に蜜をしたためており、準備が万端に整っていることが一目で分かった。

「まぁ、そういうことなら仕方がないわね」

「もうっ、淳也くんったら……」

真緒と夏海が、少し残念そうな表情を浮かべながら言った。

とはいえ、それが最も無難な選択だと理解しているのか、二人ともそれ以上は何も口にしない。

了承を得られたと判断した淳也は、敬子に近づいて一物をあてがった。

「ああ、淳也くんのオチ×チンがぁ」

「人がするのを生で見るのは、あたしも初めて。なんだか、ドキドキしちゃう」

夏海と真緒のそんな声が、横から聞こえてくる。

すると、彼女たちに見られていることを改めて意識して、緊張感が自然に湧き上がってきてしまう。

それでも淳也は、意を決して分身を挿入した。

「んあああっ！　入ってきたぁぁ！」

敬子が悦びの声をあげ、肉棒を迎え入れてくれる。

そして、ペニスは抵抗なく奥まで飲み込まれていき、一分《いちぶ》の隙もないくらい彼女の中に収まった。

（ううっ。やっぱり、敬子さんのオマ×コはヌメヌメしていて、チ×ポに絡みついてくる感じだなぁ）

挿入し終えた淳也は、久しぶりに味わう未亡人の膣肉の感触に浸っていた。

「うわぁ。本当にズッポリ入って……」

「こうやって生で挿入シーンを見ると、けっこうすごいわねぇ」

夏海と真緒のそんな声が、横から聞こえてくる。

目を向けてみると、二人とも目を丸くしてこちらを眺めていた。その表情からも、アダルトビデオとは異なる生々しさに目を奪われているのを、容易に窺《うかが》い知ることができる。

「ああ……淳也くぅん、早く動いてぇ」

未亡人の艶めかしい求めで、淳也はようやく我に返った。

「あっ、はい。分かりました」

そう応じて彼女の腰を摑むと、すぐに荒々しい抽送を始める。

「あっ、あんっ！　はあっ、いきなり強くぅ！　あんっ、でもっ、はううっ、これっ、あうんっ、いいのぉ！　ひゃうっ、はんっ……！」

たちまち、敬子が甲高い悦びの声をあげだした。

案の定と言うべきか、彼女はすっかり出来上がっていたため、最初から強くしても問題なく受け入れられる状態になっていたらしい。

「敬子さん、とってもエッチな顔ねぇ」

「わ、わたしも淳也くんとしているとき、あんな顔をしているのかな？」

真緒と夏海のそんな声が、横から聞こえてきた。

そうして、二人に見られていることを改めて自覚すると、妙な昂りが湧いてきてしまう。

「あんっ、見られてるぅ！　あんっ、淳也くんとっ、あうっ、エッチしているとこっ、はうっ、二人に見られてぇ！　ああっ、なんだかっ、ひゃんっ、変な気分にっ、ああっ、なっちゃうぅぅ！　あんっ、はううっ……！」

未亡人が、喘ぎながらそんなことを口にする。

彼女も見られていることを意識して、興奮を煽られているらしい。

「ああ、黙って見ているだけなんて、やっぱり無理。淳也、手伝ってあげる」

少しして、真緒がそう言って近づいてきた。

「あっ。それなら、わたしも」

と、夏海までこちらにやってくる。

「じゃあ、敬子さんの乳首をお願いします。そこ、敬子さんの弱点なんで」

抽送を続けながら、淳也がそう言うと、

「あんっ、こらぁ！　ひゃんっ、教えちゃっ、あんっ、ダメじゃないのっ！　ひゃうんっ、あぁっ……！」

と、敬子が喘ぎながら文句を口にした。

「ふーん、乳首が。分かりやくて、助かるわね」

そう言って、真緒が未亡人の豊満な乳房の頂点にある突起に顔を近づけた。そして、すぐにそこに舌を這わせだす。

「チロ、チロ……」

「ああ、敬子さんのオッパイ、すごく大きくて羨ましい。レロ、レロ……」

と、夏海も空いている乳首を舐め回し始めた。

「ひああっ！　両方っ、あんっ、突かれながらっ、きゃふっ、されるとぉ！　ああっ、本当にっ、んはあっ、変になりゅぅぅ！　ひゃうっ、ひっ、ああっ……！」

敬子が顔を左右に振りながら、悲鳴に近い喘ぎ声をこぼす。

それと共に、膣肉の蠢きが増してペニスに甘美な刺激がもたらされる。これだけでも、彼女が相当に感じていることが伝わってくる。

(な、なんか、すごい構図だな)

ピストン運動を続けながら、淳也はそんなことを思っていた。

何しろ、真緒と夏海に弱点の乳首を責められて喘ぐ未亡人を、自分の分身で貫いて感じさせているのだ。

こんなことができる日が来るとは、まったく夢にも思わなかったことである。

しかし、そんな興奮と膣肉から肉茎にもたらされる強烈な刺激が、我ながら驚くような早さで射精感を生じさせる。

「くうっ。敬子さん、僕そろそろ……」

「ああっ！　わたしもぉ！　あんっ、中にっ、ひゃうっ、また中にっ、ああっ、ちょうだぁい！　はうっ、ああっ……！」

淳也が限界を口にすると、未亡人が切羽詰まった声で訴えてきた。

(うっ。夏海さんが見ている前で、他の女性の中に出すなんて……)

そんな気後《きおく》れは感じたものの、中出しをしたいという本能の求めも抗いようがないくらい強い。

(ええいっ！　なるようになるさ！)

とうとう開き直って、淳也は腰の動きをいっそう速めた。

「ああーっ！　イクッ！　あんっ、オッパイッ、きゃんっ、オマ×コッ、ひゃうっ、されてぇ！　もうっ……イクううぅぅぅぅぅぅぅぅ!!」

敬子が絶頂の声をあげ、おとがいを反らして身体を強張らせる。

同時に膣肉が収縮して、ペニスに甘美な刺激がもたらされる。

そこで限界に達した淳也は、「ううっ」と声を漏らして動きを止めると、彼女の中に二度目とは思えない大量のスペルマを注ぎ込んだ。

7

「次は、あたしの番ね。あたしには、こっちからしてぇ」

淳也が未亡人から一物を抜くと、すぐに真緒がそう言ってソファに手をつき、ヒップを突き出した。

相変わらず、彼女はバックから突かれるのが望みらしい。

そこで淳也は立ち上がって、巨乳の美人ＯＬの背後に近づいた。そして、精液と敬子の愛液にまみれた、まだ萎《な》えていない肉棒を秘部にあてがう。

「ああ、早くぅ。早く、その太くて大きなオチ×ポ、ちょうだぁい」

艶めかしい声で求められて、淳也は吸い込まれるように腰に力を込めた。

「んはああっ！　オチ×ポ、入ってきたのぉぉ！」

挿入と同時に、真緒が悦びの声をあげる。

そうして、彼女のヒップが下腹部に当たって動きが止まると、淳也はすぐに腰を摑んで荒々しい抽送を開始した。

「あっ、あんっ！　いいっ！　ふあっ、やっぱりっ、はうっ、このオチ×ポッ、ひゃふっ、最高ぉぉ！　あっ、あんっ……！」

ピストン運動に合わせて、美人ＯＬが巨乳をゆらしながら甲高い声で喘ぐ。

（くうっ。やっぱり、敬子さんよりオマ×コの中が吸いついてきて……）

腰を動かしながら、淳也はそんなことを思っていた。

こうして連続で挿入すると、同じ女性器でも感触に個人差があることを感じずにはいられない。

「はぁ、真緒さんまで。いいなぁ」

そう言って、夏海が淳也の横に来ると、

「ねぇ？　真緒さんには、弱いところないの？」

と、甘えるように尋ねてきた。

「あっ、やっ、淳也っ、あんっ、教えたらっ、はううっ、ダメだからねっ！　あんっ、ああっ……！」

美人OLが、喘ぎながら釘を刺す。

だが、それは逆に自分に弱点があることを認めているようなものだ。おそらく、そういう冷静な判断を下す余裕もないのだろう。

（まぁ、夏海さんも敬子さんも弱点を知られているのに、真緒さんだけ秘密っていうのは、さすがに不公平かもしれないな）

そう考えた淳也は、恋人のほうに目を向けた。

「真緒さんは、腋の下が弱いよ」

「へぇ、そうなんだ」

予想外の場所だったのだろう、夏海が驚きの表情を浮かべる。

「あんっ、こらぁ！　ダメって、ふあっ、言ったのにぃ！　あっ、はんっ……！」

と、真緒が抗議の声をあげる。

しかし、そんな態度がかえって恋人の好奇心を刺激したらしい。

「腋の下が敏感だなんて、なんだか面白いですねぇ？」

そう言って、彼女は美人ＯＬの腋に顔を近づけた。

何しろ、ソファの座面に手をつき、立ちバックの姿勢を取っているため、腋はほぼ無防備にさらけ出されている。

「ちょっ、んはっ、夏海ちゃん？　やめっ……」

「レロ、レロ……」

真緒の言葉を無視して、夏海が腋の下に舌を這わせた。

「ひゃうんっ！　そこっ、あんっ、ダメぇぇ！　ああっ、ペロペロされたらっ、ひゃふっ、ああんっ！　はあっ、へっ、変にぃ！　あんっ、はううっ……！」

たちまち美人ＯＬの声のトーンが跳ね上がり、同時に膣の締まりもいちだんとよくなる。

そんな反応に興奮を煽られて、淳也は腰の動きをいっそう速くしていた。

「あっ、あっ、こらぁ！　ひゃうっ、それっ、あんっ、変になる！　ひゃあうっ、あんっ、癖にっ、あんっ、なっちゃうぅぅ！　ひうっ、ああっ……！」

とうとう耐えられなくなったのか、真緒が座面に突っ伏し、半狂乱といった様子の声をあげる。

「あんっ。舌が離れちゃったぁ」

と言って、夏海はしゃがみ込むと、再び彼女の腋に口を近づけた。

「あらあら。真緒さんは、本当に腋の下が弱いのねぇ？　じゃあ、二人がかりで責めたら、どうなっちゃうのかしらぁ？」

そんな声が横から聞こえてきて、淳也は未亡人のほうに目を向けた。

絶頂でグッタリしていた敬子は、ようやく余韻から醒めたらしく、身体を起こしてこちらを見ている。とはいえ、今の言葉から考えて声はしっかり聞こえていたようだ。

そして彼女は、夏海の反対側に回り込み、空いている腋に顔を近づけた。

「ピチャ、ピチャ……」

「ひゃううん！　ああっ、両方ぉ！　ああっ、いやっ、きゃうっ、しょれぇ！　はうっ、感じすぎっ……きゃふっ、ダメになりゅううぅ！　きゃんっ、ああっ、ひううっ……！」

両腋を同時に責められて、真緒が悲鳴に近い喘ぎ声をこぼす。

(うわっ。オマ×コがヒクヒクして……真緒さん、ものすごく感じているな)

淳也は、ピストン運動を続けながらそんなことを思っていた。

巨乳の美人ＯＬとは何度も肌を重ねているが、このような膣肉の反応は経験がなかった。弱点を両方一度に責められる快感がどれほどのものか、これだけでも伝わってくる気がする。

「ひいっ、はあっ、あひっ、ふああっ……！」

真緒は、とうとう言葉を発することもできなくなり、ひたすら喘ぎ声をこぼすだけになってしまった。

そうして腰を動かしていると、淳也の中に今日三度目とは思えない早さで射精感が込み上げてきた。

「きゃううっ、中でっ、ひうっ、ビクビクぅ！　ああっ、あたしもっ、あんっ、イクッ！　もうっ、あんっ、もうっ……！」

絞り出すように、美人ＯＬがそんな声をあげる。

同時に、膣肉が激しく収縮を繰り返す。

「くうっ！　そんなに締めつけられたら……出る！」

あまりの心地よさに、あっさり限界を迎えてしまった淳也は、腰を引く間もなく暴発気味に彼女の中にスペルマを注ぎ込んでいた。

「ああっ、中にぃぃ！　んはああああぁぁぁぁぁぁ!!」

真緒が、突っ伏したまま絶頂の声を張りあげて全身を強張らせる。

それに合わせて、敬子と夏海が腋から顔を離した。

そうして、射精が終わるのに合わせて美人ＯＬの身体が一気に虚脱した。

「んはああ……はぁ、はぁ、すごぉい……お腹、いっぱぁい」

陶酔した表情で、彼女がそんなことを口にする。

腰を引いてペニスを抜くと、真緒の腰が床に落ちた。すると、そこから白濁液がお漏らしをしたように床に広がる。

「淳也くぅん、最後はわたしだよぉ。もう、わたしもこれ以上は我慢できない」

恋人の女子大生が、なんとも切なそうに言って、濡れた目を向けてきた。

「夏海さん、すっかりエッチになっちゃったね？」

「ううっ。だって、淳也くんとのエッチ、すごく気持ちいいんだもん。こんなの知っちゃったら、もう我慢なんてできないよ。淳也くんが、わたしをこんなふうにしたんだから、ちゃんと責任を取ってよね」

と、彼女が頬をふくらませながら言った。

そんな言動だけでも、牡の本能が自然に煽られてしまう。

（さすがに、立て続けに三度も射精したから、スタミナに不安はあるけど……）

とは思ったものの、恋人の淫らな姿を目にしているだけで、どうにか頑張れそうな気がする。

「分かったよ。それじゃあ、床に仰向けになって」

淳也が指示を出すと、彼女は「うんっ」嬉しそうに頷き、床に寝そべった。

夏海の秘部は、既に一度達しているだけでなく、他の女性に愛撫をしていた興奮もあるのか、新たな蜜を溢れさせていて、準備は万端に整っている様子である。

そこで淳也は、恋人の脚の間に入ると、まだ元気な分身を秘裂にあてがった。そして、一気に挿入する。

「ああーっ！　オチ×チン、やっと来たぁぁぁぁ！」

夏海がおとがいを反らし、歓喜の声をあげてペニスを迎え入れる。

そうして、淳也は彼女の奥まで肉棒を押し込んだ。

（くうっ。やっぱり、敬子さんとも真緒さんともオマ×コの感じが違うな）

分かっていたものの、淳也は改めてそんなことを思っていた。

もちろん、どの膣の感触にもそれぞれに異なった気持ちよさがあるので、優劣をつけられるようなものではない。

（だいたい、こんな贅沢な経験をさせてもらっているのに順位をつけるなんて、みんなに失礼だと思うし）

と考えながら、淳也は恋人の腰を摑んで抽送を始めた。

「あっ、あんっ、いいっ！ あんっ、淳也くぅんっ！ ああっ、それっ、はうっ、いいのぉ！ あっ、ああっ……！」

ピストン運動を開始するなり、夏海がたちまち悦びに満ちた喘ぎ声をこぼしだす。

（今日は、最初からずいぶん反応がいいな？）

そんな疑問が心に浮かんだが、何しろ先に弱点を責められて絶頂に達し、その後も興奮状態を維持してきたのだろうから、感度がいいのは当然かもしれない。

ただ、彼女の弱点を責めたのが自分ではないために実感が乏しく、若干の戸惑いは拭えなかった。

それでも、さらに抽送を続けていると、

「淳也ぁ？ 松葉崩しって体位は、分かるぅ？」

と、ソファに突っ伏していた真緒が、顔を上げて問いかけてきた。

「へっ？ あ、はい」

「それ、やって見せてよ」

こちらの返事に対し、巨乳の美人ＯＬがリクエストを出す。

松葉崩し自体は、淳也もアダルト動画などで目にして知っていた。しかし、考えてみるとこれまで実際にしたことはない体位である。

（はて？　いったい、どういうことなんだろう？）

真緒の要望の意図は理解できなかったが、未体験の体位への好奇心もあって、淳也はいったん抽送をやめた。そして、繋がったまま夏海の片足を持ち上げる。

「ああ、それじゃあ不充分よ。夏海ちゃんの脚に淳也がまたがって、身体を横向きにするの」

美人ＯＬが、さらに指示を出してきたため、淳也はそれに従って恋人の脚にまたがった。すると、なるほど彼女の身体がほぼ横向きになる。

「あんっ。オチ×チン、中で擦れてぇ」

挿入したまま体位を変えたため、膣道が擦れたらしく夏海が甘い声をあげる。

（うわっ。なんか、密着度が上がった気が……）

女性を完全に横向きにしたことで、太股の肉が邪魔にならないぶん挿入感がいっそう増したようだ。

その心地よさに酔いしれながら、淳也は抽送を再開した。

「あっ、あんっ、深いっ！　ふあっ、あんっ、恥ずかしいっ、ああっ、けどっ、あんっ、奥っ、ふやっ、感じるぅ！　あっ、はううっ……！」

たちまち、夏海が喘ぎ声をこぼしだす。

すると、真緒が彼女の背中側に回り込んだ。

「それじゃあ、さっきのお返しよ」

そう言って、巨乳の美人ＯＬが女子大生の首筋に舌を這わせ、乳房を揉みしだきだした。

「きゃううんっ！　そっ、それっ！　はあっ、やめっ、きゃんっ、今っ、ひゃうっ、そんなっ……きゃふっ、あああっ、ひううっ……！」

夏海が愛撫に反応し、今までより一オクターブ高い声をあげる。

「レロ、レロ……やめてあげないわよぉ。あたしだって、さっきやられたんだからぁ。ピチャ、ピチャ……」

と、真緒は舌を動かしつつ言って、さらに行為を続けた。

（なるほど、首筋を舐めやすいように、この体位にさせたのか）

抽送を続けながら、淳也はようやく美人ＯＬの意図を理解していた。

確かに、夏海が床に仰向けの状態では、首筋への愛撫はいささかやりにくいだろう。だが、女性の身体が横向きになるこの体位なら、まったく問題はない。

「ああっ、これぇ！　はうっ、変なのぉ！　あんっ、こんなっ、やふっ、知ったらっ、ああんっ、馬鹿になるぅ！　はあっ、エッチのっ、あんっ、ことしかぁ！　はううっ、考えられなくっ、ひゃうっ、なっちゃうぅぅ！　ひゃうっ、ああっ……！」

よほど強烈な快感を得ているのだろう、夏海が喘ぎながらそんなことを口にした。

実際、彼女の膣肉の蠢きは今までにないくらい激しくなっており、普通なら射精してもおかしくない鮮烈な刺激が分身にもたらされる。

しかし、さすがに既に三度も出していると、興奮はしていても高まり方が緩やかである。このままだと、夏海が先に達して終わってしまうかもしれない。

そんなことを思った矢先、行為を見守っていた爆乳未亡人が、後ろから抱きついてきた。すると当然、大きな胸が背中に押し当てられることになる。

「ほえっ？　け、敬子さん!?」

ふくらみの柔らかな感触が背中に広がり、淳也は動きを止めて戸惑いの声を上げていた。さすがに、これは予想外の行動である。

「ふふっ。こうしたら、淳也くんの興奮も増すでしょう？」

と、敬子が耳元で囁く。

どうやら、彼女はこちらの昂り方が鈍っていることに気付いたらしい。こういうところは、経験の賜物と言うべきか。

「んっ、んっ……」

未亡人は声を漏らし、バストを擦りつけるように身体を動かし始めた。

（うわっ。オッパイスポンジ……）

「はあんっ。オチ×チン、中で跳ねたぁ！」

夏海がそんな声をあげて、おとがいを反らした。

実際、背中に広がっている爆乳の感触のおかげで、興奮のゲージが一気に跳ね上がった感じがする。そのため、分身が勢いを取り戻したのだ。

「ほらぁ。オッパイの感触に浸ってないで、早く動いてあげなさぁい」

そう敬子に促されて、淳也は慌てて抽送を再開した。

とはいえ、背後から未亡人にしっかり抱きつかれていてやや動きにくい上に、高揚しているので行為自体がいささか乱暴なものになってしまう。

「ひゃうんっ！　これぇ！　あんっ、いいぃ！　ひゃうっ、オチ×チンッ、あんっ、いいのぉ！　ああっ、首もっ、きゃふっ、オッパイもっ、ああっ、全部いいぃぃ！　はあっ、ひゃふうっ、あああっ……！」

ピストン運動に合わせて、夏海が甲高い声で喘ぐ。

ただでさえ、ペニスに貫かれながら、真緒に弱点の首筋を責められているのだ。もはや、理性など完全に崩壊してしまったらしい。

（ああ……なんだ、これ？　夢でも見ているんじゃないかな？）

興奮で朦朧《もうろう》としながら、淳也はそんなことを思っていた。

何しろ、美人ＯＬに首と胸を愛撫されている恋人を松葉崩しで抱き、背中には未亡人の爆乳を擦りつけられているのだ。こんなシチュエーションになるなど、夢にも思っていなかったため、現実に起きているということを、未だに頭の中で処理しきれていない気がする。

「ああーっ！　イクッ！　わたしっ、ひゃうっ、もうっ……！」

夏海が、とうとう切羽詰まった声をあげた。どうやら、彼女はそろそろ限界らしい。

実際、膣肉の収縮も強まり、ペニスに心地よい刺激がもたらされていた。普通なら、こちらも達していてもおかしくないほどの性電気が、脳に送り込まれてきている。

だが、既《すで》に三度も発射しているため、昂り具合はまだ緩やかだった。このままでは、もう少し時間がかかるかもしれない。

（くうっ。夏海さんと一緒にイキたいけど、今のままじゃ……）

そんなことを思ったとき、不意に肛門を弄られて淳也は「ふあっ!?」と間の抜けた声をあげていた。

オッパイスポンジの動きが止まったことや、そこにいる人間が一人しかいないことから、敬子が肛門に指を這わせたことはすぐに見当がつく。

「け、敬子さん、何を？」

予想外の場所を触られて、淳也は抽送をやめて疑問を口にしていた。

「大丈夫よぉ。夏海さんと一緒にイキたいなら、わたしに任せて動き続けなさい」

そう言って、未亡人は肛門に指を少し入れてグリグリと弄りだす。

すると、その刺激で強制的にペニスがいきり立ってしまう。

「ひゃうんっ！　オチ×チンッ、ビクビクってぇ！」

夏海が、またしても甲高い声をあげる。

（そ、そうか。前立腺が、あの近くに……）

淳也は、ようやく敬子の行為の意味に気付いた。

前立腺は、「男のGスポット」とも言われ、その付近を刺激されると正常な男性は、自分の意思と関係なく分身がそそり立ってしまうらしい。勃起状態で刺激を受ければ、もちろん射精感を早めることになる。

そこで淳也は、どうにか未亡人の言葉に従って抽送を再開した。

「あんっ、ああっ、それぇ！　はうっ、あんっ、イクッ！　ああっ、もうっ、ひゃうんっ、もうっ……！」

夏海が、すぐに切羽詰まった声を張りあげる。

「ううっ。僕も、そろそろ……」

一気に射精感が込み上げてきて、淳也は腰を動かしながらそう口走っていた。

「ああっ、わたしっ、ひゃんっ、もうっ、ああっ、無理ぃ！　はうっ、イクのっ！　ああっ、もう……んひゃあああぁぁぁぁぁぁぁ!!」

夏海が絶頂の声をあげて、横向きの身体を大きくのけ反らせる。

すると、膣肉が妖しく蠢いてペニスに絡みつき、心地よさがもたらされる。

そこで限界に達した淳也は、「はううっ！」と呻くなり動きを止め、彼女の中に出来たての精を注ぎ込んだ。

エピローグ

「それじゃあ、いってきます。夕方前にはバイトが終わって帰れると思うんで」

「はい。いってらっしゃい、淳也くん。今日も暑くなるみたいだから、熱中症には気をつけてね」

夏休みに入って間もなくのその日も、淳也は夏海に見送られながら、メゾネットからアルバイトに出かけた。

一〇一号室の修理は、とっくに終わっているので自室で生活できるし、実際、布団などはもう戻してある。

しかし、淳也は夕べも夏海に晩ご飯に招かれ、そのまま彼女と甘い一夜を過ごしたのだった。

このところ、毎日のように同じパターンで生活しており、正直、今は自分の部屋にいるより、メゾネットにいる時間のほうが、遥かに長いくらいである。

もっとも、夏海との逢瀬《おうせ》を愉しむのはもちろんのこと、エアコンがあるメゾネットのほうが快適だというのも、足が向く大きな要因ではあったが。

また、アルバイトで疲れて帰ると恋人が「お帰りなさい」と迎えて、夕食まで用意してくれていることが、何よりも嬉しく幸せだった。そのあとのイチャイチャも含めて、まるで彼女と本当に夫婦になったような気さえしてくる。

もっとも、夏海の祖父・治郎の手術の日程がようやく決まったらしいので、こんな生活も夏休みの途中で終わってしまうことは、ほぼ確定しているのだが、だからこそ残された時間で夏海とよりいっそう関係を深めたい、という心理が働いて、ますますメゾネットに入り浸《びた》ってしまうのだった。

(明日はバイトも休みだし、今夜は夏海さんといっぱいエッチができるぞ)

そんなことを思うと、自然に頬が緩んでしまう。

しかし、アルバイト中にニヤけているわけにもいくまい。

そう考えた淳也は、気を引き締め直してアルバイトに励んだのだった。

そして、予定どおりに夕方前にコーポ安藤に戻ると、まずは自室に荷物を置く。

それから、着替えを用意して蒸し暑い自室を出て、早足でメゾネットに向かい、玄関横のインターホンを押す。

『はい。あっ、淳也くん。おかえり。すぐに、開けるね』

すぐに、スピーカーから夏海のやや困惑したような声がした。

「んっ？　どうしたんだろう？　何かあったのかな？」

と首を傾げていると、間もなく玄関のドアが開いて恋人が顔を出した。だが、彼女は困り果てたという様子の表情を浮かべている。

「夏海さん、どうしたの？」

「う、うん……その、とにかく入って」

こちらの疑問に、夏海がそう応じる。

首をひねりながらメゾネットの玄関内に入ると、女性物のサンダルがいつもより二足多くあった。

（これは……もしかして？）

と、嫌な予感を抱きながらエアコンが効いたリビングに入る。

すると案の定、リビングのソファに敬子と真緒が座っていた。

「淳也くん、おかえりなさい」

「淳也、やっと帰ってきたのね？」

こちらに目を向けた二人が、待ちわびた様子で迎えの言葉をかけてくる。

「ええと、二人ともどうしてここに？」

さすがに、淳也は困惑を隠せずに問いかけていた。

実は、あの４Ｐのあと夏海が諦めて認めたこともあり、淳也は彼女たちとは何度か関係を持っていた。

そもそも、関係を断とうと思ったのは恋人への罪悪感があったからなので、その彼女が認めてくれるなら無理にそうする必要はない。淳也としても、年上の巨乳美女二人の肉体をまだ味わえる魅力には抗しがたく、今では夏海とできない日にどちらかと肌を重ねることが、半ばお約束となってしまった感がある。

もっとも、いくら公認とはいえ、恋人に他の女性との行為について自ら話す気にはならなかったのだが。

ただ、こうして三人が一堂に会していると、さすがに緊張せずにはいられなかった。

ちなみに、一〇一号室以外の水道管については、家主の治郎の退院後にチェックが入ることが既に決まっているので、わざわざ集まったのはその件ではあるまい。

「あら、淳也？　あたしたちが揃ったら、やることは一つしかないでしょう？」

こちらの疑問に対し、真緒が当たり前のことを訊くな、という様子で答える。

もちろん、二人を見た時点でなんとなく予想はついていたのだが、まさか再び４Ｐ

を求められるとは。

「いや、あの、敬子さんは愛奈ちゃんが……」

「愛奈なら、『部屋は蒸し暑くて勉強できない』って、図書館に行ったわ。いつも閉館時間ギリギリまでいるみたいだから、帰って来るのは十九時過ぎになるわね」

淳也の疑問に、敬子があっけらかんと応じる。

塾に通う経済的な余裕がないので、愛奈は自力で懸命に勉学に励んでいた。今日も、バスで二十分ほどの距離にある図書館で勉強しているらしい。その熱心さは、年下ながらも尊敬に値する。

とはいえ、今はそれが母親の性欲の自制心を奪っているので、皮肉と言えるかもしれないが。

「あの、えっと、夏海さんはいいの？」

淳也が戸惑いながら、隣にいる恋人に訊くと、

「わたしだって、みんなと一緒はまだ恥ずかしいわよ。でも、敬子さんと真緒さんとは前にしちゃっているし……」

と、彼女は諦めたように肩をすくめた。

どうやら、帰ってくる前に事実上、丸め込まれていたらしい。

「淳也くぅん」

「淳也ぁ」

「淳也くん……」

敬子と真緒と夏海が、口々に言いながらこちらに迫ってくる。

(こ、これは、逃げられない……)

できればこの場を逃れたかったが、淳也は蛇に睨まれた蛙のように身動きが取れなくなっていた。もっとも、すぐ隣に恋人がいたため、どのみち逃げるのは無理だっただろうが。

そして、淳也の右腕に敬子が、左腕に真緒が胸を押しつけるように抱きついてきた。

(おっ、オッパイの感触が……)

大きなバストの谷間で両腕を挟まれると、それだけで自然に興奮のスイッチが入ってしまう。

最後に、正面に回り込んだ夏海が顔を近づけてきた。

「淳也くぅん、今日もいっぱい愉しもうね？」

濡れた目でそう言って、彼女が唇を重ねてくる。

「んっ。ちゅっ、ちゅば、ちゅぶ……」

と、恋人の女子大生が唇をついばむようなキスをし始める。

（ううっ。夏海さんの唇……それに、匂いも……しかも、敬子さんと真緒さんのオッパイの感触まで……）

淳也は、自分が淫らな夢の中にいるような感覚に襲われながら、もたらされる心地よさにいつしか酔いしれていた。


（了）

※本作品はフィクションです。作品内に登場する
団体、人物、地域等は実在のものとは関係ありません。

相部屋《あいべや》アパート

〈書き下ろし長編官能小説〉

2020年7月13日初版第一刷発行

著者……………………………………………河里一伸

デザイン………………………………………小林厚二

発行人…………………………………………後藤明信

発行所……………………………………株式会社竹書房

〒102-0072　東京都千代田区飯田橋2－7－3

電　話：03-3264-1576（代表）

03-3234-6301（編集）

竹書房ホームページ　http://www.takeshobo.co.jp

印刷所……………………………中央精版印刷株式会社

定価はカバーに表示してあります。

乱丁・落丁の場合は当社までお問い合わせください。

ISBN978-4-8019-2325-6 C0193